七峰鸣翠

黎田 / 黄会儒 / 吉才惠 / 雨桦 / 符发 / 梅莹 / 周小娇 著

广东人民出版社
·广州·

图书在版编目（CIP）数据

七峰鸣翠/黎田等著.—广州：广东人民出版社，
2023.10
ISBN 978-7-218-16615-5

Ⅰ.①七… Ⅱ.①黎… Ⅲ.①诗集—中国—当代
Ⅳ.①122

中国国家版本馆CIP数据核字（2023）第089000号

QI FENG MING CUI
七峰鸣翠

黎田 等 著　　　　　　　　　　版权所有　翻印必究

出 版 人：肖风华

责任编辑：李力夫
责任技编：吴彦斌　周星奎
装帧设计：大奥文化

出版发行：广东人民出版社
地　　址：广东省广州市越秀区大沙头四马路10号（邮政编码：510199）
电　　话：（020）85716809（总编室）
传　　真：（020）83289585
网　　址：http://www.gdpph.com
印　　刷：北京建宏印刷有限公司
开　　本：880mm×1230mm　1/32
印　　张：9.5　　字　　数：174千
版　　次：2023年10月第1版
印　　次：2023年10月第1次印刷
定　　价：78.00元

如发现印装质量问题，影响阅读，请与出版社（020-85716849）联系调换。
售书热线：（020）87716172

目 录
CONTENS

黎　田的诗(41首) ………………………………… 1

黄会儒的诗(36首) ………………………………… 60

吉才惠的诗(48首) ………………………………… 98

雨　桦的诗(43首) ………………………………… 167

符　发的诗(26首) ………………………………… 215

梅　莹的诗(22首) ………………………………… 248

周小娇的诗(14首) ………………………………… 278

黎田的诗
41 首

作者简介：

    黎田，本名陈道飞，黎族，民盟成员，海南陵水人。民盟海南省委原委员、政协保亭县常委、民盟保亭县主任委员。现为海南省诗词学会会员、海南省楹联学会会员、海南省民间文艺家协会会员、保亭县作家协会副主席。有诗歌、散文发表于《五指山》《三亚文艺》《海南民族》《海南诗文学》《原创海南》等刊物；有作品入选《绿意满山乡》《绿风吹过》《红霞满天》《海拔》《当代中华诗词集成·海南卷》《新时期中国少数民族文学作品选集·黎族卷》。

故乡

故乡很远
她嵌在山旮旯里

循着暖阳远涉
在树木葱茏的村口
老椰树早就探出了头
浓郁的椰奶飘香
唤醒了经年的记忆

一条溪流急切地流向深谷
浪花却蓦然回首
渴望重回泉源
把伸长的背影投入空灵的山水
与荇藻交色
点染成一幅故乡的画
伴我远行

故乡很远,嵌在山旮旯里
故乡很近,挂在无眠明眸的墙上

临春即诗

对于诗
我常在无眠的夜中寻觅
在寻觅中端详
像大漠中渴望那一片绿叶一滴甘霖
可遥遥无期
未能如约而至

临春即诗
清晨阳光透过林荫幽径
为我的诗行开道
我处处捉摸到久违的诗意
春花似火扑向我
绿草如茵为我装点行装
那远行白鹭呵
请把我火一般的诗行带到云边
温暖那片魂牵梦萦的热土

石峒河母亲的河

石峒河啊蜿蜒的河
宛如一条长幅绸缎
飘游在青山翠岭间
潺潺流水从门前淌过
日日夜夜唱着不老的歌

石峒河啊古老的河
多少故事，多少传说
在这里传唱
两岸百花开，累累硕果结
迸溅的浪花一朵朵

石峒河啊深情的河
一路欢歌荡漾着绿波
鱼儿满河流
牛羊遍山坡
绕过翠竹看椰树婆娑

石峒河啊母亲的河
奔腾不息生命之歌
偎依在母亲身边
听你呼唤我的乳名
把长调短歌唱给我最挚爱的河

旺 蛙

亘古的黎母不小心
从黎锦上抖落的精灵
在血与火中洗礼
放飞在希望的田野

沐浴着岁月的风雨
呼唤着黎明
呼唤着一切生机与力量
还有什么生灵比你激情
呼唤四季的生命乐章
千声万声

还有什么比你蓬勃
让锣鼓在手掌纵情飞舞
从月华掌灯到夜的呓语
蛙声如鼓 永不停息

你是令人叹服的演唱家
高明的魔法师

只要蛙声传到的地方
春天的声音就有了
大地的希望就有了

纵然有一天
声音喑哑　鼓皮迸裂
也要像凤凰一般涅槃
完成生命的另一种洗礼

错位

春天
在东海岸启帆
欲达那个叫西海岸的时候
不觉已过一千零一夜
鱼鳞洲上的航灯
不再

雾锁重洋
彼此分不清方向
北风中依稀听见大海与礁石携手吟唱
祈愿春暖花开
却相守凛冽
啊
那个在西方
却叫东方的地方

魂归的飞鸟

我是一只迷茫的飞鸟
曾经迷失了方向
从东方飞往西方
在遥远的海面掠飞
从日出到日落

我是一只受伤的飞鸟
连羽毛都脱落了
今天我要重飞回吊罗山
在黎村上空盘旋
在槟榔园里放歌

如果有一天死去
连羽毛一起腐烂
直至土地上长出青青兰草
芳香一春

夕照紫竹园

从波光潋滟的湖面
摘下一朵朵橘黄的鳞片
在水里游动的鱼儿
是不是也该歇息

垂柳轻扬宛如丝绦摇曳
编织成一张张渔网
漫天飘洒
遮望旅人的双眸

喜鹊决眦遁入幽林
那远方的西山
像一条黝黑的潜龙静默
蓦然静听夜的呓语

与春天约会

燕京的早春
春寒料峭
从海角天涯捧着一粒种子
在黝黑的土地里深耕播撒

尘封了一季的希冀
在喧嚣的锣鼓声中迸裂
在青青河畔发芽滋长

冲破大地的泥土
那些蓬勃的根部
嫩芽纷纷苏醒
期待与春天约会
面朝大海
春暖花开
守望秋的诺言

寻找另一处方位

霓虹灯下
物像不断在周遭游离
决眦捕捉那光怪陆离的光影

睁开左眼
忽而在右方
睁开右眼
忽而在左方
倘若睁开双眼
我也模糊你的容颜与方向

远离这困惑的世界
这迷茫的困惑
驻足下一个停留的方位
寻找宁静的心灵阳光与沙滩

对面楼上的老人

对面楼上的老人
银发飘飘
多么悠闲
他终日坐在阳台上
与岁月为伴
打理冬春秋夏

对面楼上的老人
多么神秘
不时俯视
犀利的目光总能闪射
我憔悴的面容
如同伦琴射线穿透我
膨胀的心脏

对面楼上的老人
多么可怕
一个老人的笑
没有人知道他笑的缘由
那笑就像万年铁树开的花

路

自从那次邂逅
你我就约定携手同行
小路漫长且不平
路径偶有花香
但总无心采撷
目标在远方
脚步就不能停息

从来没有一条路
你我走得如此坚实
每一步　每一程
你我都细细地
用心丈量
走一程
再走一程吧
直至夕阳在天

致扶桑花

七仙岭的靓闺女呀
咀嚼着一口口槟榔
伫立在山巅村寨
绽放在田畴小路
红透了迷人的嘴唇
笑艳了彩云在天

从冬到春,从夏到秋
漫长的季节之旅
执着希冀与温存
默默地诉说悠悠的情愫
游人中
谁人寻寻觅觅
却不经邂逅
早就升华了最红的笑靥
随着岁月的边缘
播撒黎山的芬芳

骊歌是一艘航船

不知道为什么
心总随八所港的波涛澎湃
不知道为什么
耳边总萦绕昌化江遥远的歌声

忘却的歌曲很多
却忘不了这首老歌
忘却的歌曲很多
老歌总在耳际回响

骊歌是一艘航船
远航海角天涯
骊歌是一口港湾
心灵从这里出发
心灵在这里归航

走在路上

雾锁椰城
春寒料峭
预约在璀璨的红城湖畔
一条南海大道宽阔而通直
你我却选择另一条小路

雾霾迷蒙看不见尽头
你我依然走在崎岖的路上
虽然有时辨不清方向与路障
也让每一个脚步坚实有声
让每一双明眸装满希望

夕阳下椰城多彩
海甸岛的椰树婆娑
爱晚亭的柔风涤荡
路在延伸
脚步不息
从早春走向金秋
从黑夜走到黎明
因为博爱大同在前

小妹湖抒怀

山岚摇曳片片枫叶
投入小妹的情怀
风儿在歌唱
倩影在欢跃
把一颗青槟榔埋藏在
青青湖畔
等待春暖花开

唢呐声飘进了幽谷
槟榔醉红了你的脸颊
与云翳约定
装点你璀璨的裙袂
与月娘约定
沐浴你的似水柔情
驿动的波涛起伏
再倾听你梦寐的呓语
用竹竿挂一筐筐槟榔
让槟榔染红了村寨
飘香了吊罗

再与你厮守
这一片湖光山色

我不信你离开
——缅怀同学

我不信你
已经离开我们
饭桌上的酒杯还有余香
你握住我们的手依然温热

我不信你
已经离开我们
曾忆否
海角天涯留下你的青春足迹
在八所港旁徜徉
在昌化江畔吟唱
一首《绿岛小夜曲》伴着月色
余音绕梁
回荡东师校园

我不信你
已经离开我们

你铿锵的声音激荡校园
伴随着琅琅书声传出山外
在三尺讲台上
用短小粉笔挥写春秋
你依然还在
我不相信——

梦中的海岛

阔别了海岛小学校多年
可是,常常做着海岛的梦
月牙般的沙滩细软、绵长
海鸥在海面上掠飞

我总盼望有一天
湛蓝的海上飘来雪白的帆影
好载着我乘风破浪
回到岛上的小学校

北部湾是富饶的
大海则是慷慨的
她既孕育了浩大的洋浦港
也抚爱着珍珠般的新港

记得师范毕业后就来到岛上
小学校就依傍在新港渔村旁
松树婆娑,红旗飘飘
教书、学习、赶海

那时总嫌日子过得太快
不经意月圆已露出大海
我日日夜夜枕着沙滩
倾听着海的歌谣

几间珊瑚石垒起的教室
是我的岗位，是我的家
沙地、松树及琅琅书声
伴随着我的青春岁月

从老校长亲切的目光中
我倍感父爱般的关怀
从海娃们的欢声笑语中
我忘却了什么是孤独与寂寞

每一阵浪涛，每一句渔歌
都能让我的心欢悦
每一个祝福，每一段调声
都能让我的心牵挂

我周身曾沐浴着黎明的曙光
也经受过热浪与风暴的煎熬
腰肩则变得愈加黝黑而坚实
赤诚之心仿佛卵石更加滑亮

自从阔别了海岛
总嫌日子过得太慢，太慢
我常常登上山之巅遥望

月圆几时能露出大海

我伫立着，遥望远方痴想
此时海鸥定然在远方掠飞
你听，那清脆悠长的鸣声
仿佛在远方深情呼唤

我总盼望有一天
湛蓝的海上飘来雪白的帆影
好载着我的深情起航
驶向我梦中的海岛

邂逅

拂晓，雾霭缭绕
我与清洁工邂逅
她身着灰色的衣服
灰色的头巾裹着清秀的脸颊
一双明眸仿佛一泓秋水
她回头向我微笑
如甜酒一杯，像柔风一缕
嘱托我告诉所有的小朋友
不要乱丢果皮、纸屑
而后又挥舞着扫帚
好像舞者扭一路街舞
尘埃在她的周身飞扬
她的身后留下一片明净

夜幕降临，华灯初上
我与清洁工邂逅
她身着黄色的衣服
黄色的口罩露出青春的脸庞
一双明眸恰似两轮明月

她回头向我微笑
仿佛春天，温馨又飘逸
嘱托我告诉所有的亲人、朋友
不要乱丢，乱吐
而后又挥舞扫帚
像仙女翩翩起舞
皎洁的月光和她的倩影交辉
她的身后弥漫一路清香

山月融融，街市灿烂
我在迷人的夜色中踯躅
姑娘啊！你在哪里
我想对你轻轻地诉说
明天的山城定然整洁
明天的空气定然清新
姑娘啊！你在哪里
我想对你轻轻地诉说
年轻的心潮为何在胸中澎湃
你的明眸为何闪烁在梦中
踏着一路月色
我追觅着她的踪迹
我依稀看见
她在月色下翩然而至
在光影中穿梭

大山之子
——凭吊胡仁潘烈士墓

清明时节,迎着十里棉红
拜访你的陵地
凭吊长眠的大山之子
蜿蜒的山路,不断牵引着
我的衷肠
我悄然走到你的墓前
久久地静默、肃立
旭日把金光撒遍大地
照在花岗石碑文上
你的名字铿铿锵锵,光彩熠熠

这里人迹罕至,荒草萋萋
也许有些冷清
可是你并不寂寞
因为大山中无数的英魂
始终与你为伴
你看,一树树满挂嫣红的木棉

满枝粲然
那片片鲜红的花瓣是血染的
红军魂
七仙岭上的红军魂
永远萦绕，挥之不去
因为英烈们生前挚爱着
这片英雄土地
身卒也要将赤色染红大地万物

昔日，你一身戎装
英风锐气敌胆寒
站岗放哨，消灭敌人
解放保亭，清匪建政
云飘飘，风萧萧
仿佛红军在刺杀
仿佛敌人在狼嚎
硝烟中你甘洒满腔热血
沸腾热血染就猎猎军旗

灰色的年代里漫漫长夜
暴风骤雨日夜袭来
你始终坚定一个信念
黎明的曙光终将闪耀
火红的骄阳腾腾升起
你是山顶上的椰子树
傲立苍穹，气宇轩昂

你从大山中走来
七仙岭上留下你坚实的脚印
山兰园里留下你的刀篓
你从山溪边走来
水利工地上留下你朴素的背包
田间地头留下你的竹笠
你说,挚爱着这片山山水水
既然选择了大山
就永恒在它博大的胸怀里

啊!大山之子
我来凭吊你,激情地读你
血火洗礼过的历史,唤醒了记忆
我将醇烈泪洒浇祭给你
浇祭给青翠的群山,绿野
啊!大山之子,我来欣赏你
欣赏你高大的丰碑,悲壮的诗章
欣赏你用碧血浇灌的田野、青山
大山之子
永恒的大山

七仙岭我的情人

诗一般的名字
画一般的容颜
多少次倾听你流传千古的故事
多少回梦寐在我深情的眼里
七仙岭　我的情人

走近你绿色的隆闺
扯一抹晨霞装点你七彩的筒裙
清风吹拂裙袂飘扬
你端庄自然挺秀的形象
不正是我梦中苦苦追寻的婀甘
我膜拜在你的脚下
七仙岭　我的情人

携着你的手在大山徜徉
欣赏你亲手开拓的美景佳园
品尝你万年珍藏的山兰琼浆
捧起浓酽甘醇的美酒吧
为我们的千年邂逅干杯
七仙岭　我的情人

投入你博大的怀抱
在泉畔　倾听你喷薄的心跳
在溪流　沐浴你的似水柔情
抚摸着你圣洁无瑕的体肤
像白荷花一般的清纯
叩开久封的心扉
让人与仙心灵相撞
迸发出原始自然的火花
邀请你做我最美的亲情
七仙岭　我的情人

对望

大地　仰望天
天空　俯视大地
天空上的云在行
大地上的草在笑
他笑绿了大地
我笑餍了浮云在天

飘

帆影点点
伴着孤鹜与落霞
载着香兰与秀凤
飘
飘向仙景蓬莱

在雨中等你

等你
在七仙岭上
不见你
到处是雨帘
淅淅沥沥
它没有弄湿我
是我心底在下雨
我自己在弄湿自己

噪人的蛐蛐儿

秋夜静得像一片湖
躺在老屋的床榻
墙角边蛐蛐儿噪人地闹
我不知道
也不曾知道个中的缘
漆黑的窗棂外忽然跳入弦声
清远而来
又缥缈而去
仿佛天外与墙内扯起了
无限的缠绵
连接天宇与大地
连接明亮与黑暗
星星般的眼睛
周身膨胀到天际
而又变得无限渺小
秋夜的缠绵
总在蛐蛐儿噪人的时候滋生
千回万转

虎斑鸠

那年我们在山寮夜宿
总能听到它们在湿地中呢喃
借着淡淡的月光依稀看见它们
尖尖的喙,细长的脚
还有虎斑状的羽毛
一切都感受到夜色的静美

冬日的一天
我们不远千里涉足
所谓的热带湿地
荒凉干涸,湿地不湿
大自然在寒风中肃杀

一个静谧的夜里
忽然被一道道强光灯和枪声惊起
那只幼小的塞入铁笼
最苍老的那只跌入巨大的围网
还有一只只公的母的在惊飞中幽咽

夜色被枪声划破了
你看那空中一盏盏流星在闪
那是夜空在滴血

忧郁的鹧鸪鸟

从初春到寒冬
鹧鸪鸟总唱着一首歌
"哒咯哒,且且!"
我明白,那是央求人类
大哥大,歇歇
鹧鸪鸟飞到小草堆里瑟缩着
焦急地哀鸣
大哥大,歇歇
大哥大,歇歇
它怕清脆悠长的鸣声引来捕网
它怕斑斓的外衣引来了乌黑的火铳
伙伴何处?家园何在
它无奈又飞到疏枝上瑟缩着
哀鸣着
大哥大,歇歇
大哥大,歇歇
伙伴早已习惯无数遍清脆悠长的鸣声
这短促的呼唤怎能传送它孤寂的心声

伙伴何处？家园何在
忧郁的声音飘荡在肃杀的秋风里
忧郁的声音埋没在新垦的土地里
鹧鸪鸟梦寐蓝天下它们结伴
在碧波中自由掠飞
在绿野中嬉戏、放歌
月色下它们相约在河畔呢喃
美美地做着七彩的梦

"哒咯哒，且且。"
大哥大，停歇吧
放下罪恶的屠刀
花已飘零，梦已破碎
伙伴何处？家园何在
它恰如一个断肠人魂散天涯
找不回自己的丝丝依靠

醉美大理

徜徉在大理的山
就仿佛走进了绿的王国
要不是摇荡古藤遥望
就看不尽松涛与云海

大理瀑布飞溅的水幕
让三月的山岚这么一拂
漫山跳跃
随着黎家打柴舞的旋律响起
便在山寨中飘散
珠玑般的音符
环绕小妹湖周遭
在湖面上跳跃
与篝火交相辉映
映红少女的脸
揽入情人的心怀

走在石板路上
一仄又一仄
灯火层层照亮了

黎寨文明与容貌
多彩的筒裙在眼前闪动
宛如一幅幅历史的画卷
在灯火阑珊处
却听见有人惊呼
醉美黎乡
人间仙境

无题

忆　扬起风帆
随着　苦涩的潮水
载着香兰秀凤
飘
飘向蓬莱仙境

春雨

一场春雨淅淅沥沥地下着
轻灵地在风雨中交舞
透过雨幕
依稀看到一张花伞凌空
与细雨的浪漫
微风过处不经意
打湿了寂寞的窗台
我蓦然回首
雨打芭蕉如琴声铮铮
也打湿了我的眼睛

望

倚靠在阳台上,向外滩眺望
痴痴地望
我想,海边一定有海蟹在沙滩上嬉戏
海水一定在轻吻细软的沙滩
抒出了阵阵温情
那白色的海鸥悠长深沉的啼声
仿佛从消失的岁月中传来一个声响
冲刷我记忆的脑海
清清晰晰
是否记得在难忘的岁月里,
曾经拥有那一片海水和细滩
以及那片蓝天
做着海的梦
此时,我多想
带着大海的思念飞到平静的海湾

雨林——呀诺达

三道萦纡的河弯
映出了三把弯弯的月镰
弯弯的河岸，犬牙交互
清清的河水，波光潋滟
山中隐楼亭，亭台山中现
是青山映衬楼亭
还是楼亭点缀青山
簇簇椰树张绿伞
纤纤槟榔挂黄果
斜晖脉脉，绿水盈盈
坡上青青草，牧牛荡悠悠
是人间雨林，还是仙景

盼奥运

盼望着,盼望着,奥运
你是中华民族百年的情结
你是华夏儿女百年萦回的梦啊
等待着,等待着,有一天
终于等来了从远方传来的喜讯
2001年7月13日
请永远铭记这一天

人们欢呼雀跃,奔走呼告
久旱的心田终于绽开幸福的泪花
这一夜,灯火辉煌,寰宇灿烂
不眠的夜,笼着不眠的人
从此,奥运祥风吹遍了大江南北
海角天涯
十三亿颗心同在颤动
五大洲河川奏响新的乐章
啊!奥运,你正向我们款款走来
让我们以青春的激情点燃圣火
让五千年的文明之光照亮你的殿堂

照亮整个世界
啊！来吧奥运，我们为你欢呼
为你喝彩
十三亿双手将高举着你
共同拥簇着五环旗，齐声欢呼着
同一个世界，同一个梦想

古老的绳索

面对着古老巍峨的黎母山
一遍又一遍触摸着古老民族记忆的绳索
绳结深深刻刻
记忆的释码一幕幕展现

亘古时代等待了万年的黎母
终于生育了五个男儿和七个女儿
从此远古大地上诞生了人类
太阳神喜得把金光撒遍每个角落
月圆朗朗彻夜通明
美丽神奇的甘工鸟欢快地为婴儿
唱起了摇篮曲
黝黑的巨石是黎母的乳房
叮咚的山泉是黎母的乳汁
她用爱哺养着儿女健康生长
嶙峋的山藤伴着祥风荡着摇篮
遥听着山风、泉声合奏的天籁之音
日转星移
男的变得伟岸挺拔

女的变得俊秀灿烂
我面对着古老巍峨的黎母山
一遍又一遍触摸着古老民族记忆的绳索
绳结深深刻刻
有一天　黎母对着儿女们叮咛后
便安详地合上了双眼
永远长眠在了她的黎母山上
只见电闪雷鸣、天地齐哀
甘工鸟整整哭泣了七天七夜
随即黎母的身体发生了变化
她的脊椎化为蜿蜒的五指山脉
四肢化为南渡江、昌化江、万泉河和陵水河
丝丝头发化为涓涓溪流
黎筒化为一片片良田和美池
黎筒上的图案化为人类、花鸟、虫兽
脸符化为道路、港口、桥梁
首饰化为棋子湾、玉带滩和红树林
从此群山青翠、河水淙淙、百鸟和鸣
奇花争艳　好一派欲景仙都

再有一天　悲恸的预言灵验了
忽然天地轰鸣、天柱折、地维断
阴森森的天宇铺天盖地地下坠
眼看地球难逃灭顶之灾
此时　黎母的叮咛声响彻云霄
——天将崩顶天立地
五个兄弟拔出弓弩

满弓地射向苍穹
弓箭纷纷落地
七个女儿解下锦带抛向苍穹
锦带飘飞
五个兄弟齐声疾呼
——顶天立地
然后　化为五指山峰高高地举起了天宇
七个女儿也齐声疾呼
——顶天立地
然后化为七指山峰高高地举起了天宇
瞬间啸声消失、阴霾散去、天地平稳
芸芸众生安然无恙
甘工　甘工　一声声
甘工　甘工　诉壮情
美丽神奇的甘工鸟迎着白云
盘旋在神峰之间
五指山啊
七仙岭
铁骨铮铮擎起了天与地
永远守护在大地母亲的身旁

我走近挺拔的五指山和七仙岭
情不自禁地把它们一一拥抱
我一次次感受到每一柱山峰沸腾的脉搏
一次次感受到它们对大地的炽爱
你看　挺拔的五指山吮吸着雨露
呼出了徐徐的清风

吹绿了椰岛
七仙岭　挺秀的神女
你口嚼着槟榔
吐红了万里木棉
染红了琼州江山

我久久伫立
总觉得有一股骁勇的灵魂
掠过我的心田
轻扬而去
心田成了沉重而又纷飞的思绪
我深沉地收起了绳索
轻轻地绕捆它
珍藏在黎田的怀里

插上了自由的翅膀

犀利的长爪在无眠的夜里舞动
魍魅的血眼在古老的村寨中潜行
一个不羁的灵魂
在阴森森的魔网中挣脱
高举着银色的刀戟扎入黑夜
凿开一张张自由的网
曳着理想的翅膀飞天
盘旋在大山的巅峰
纵情吟唱着亘古不变的长调
婀甘啊！你是黎山的女神
是黎人千百年来传唱着的希望
你让自由的信念升上蓝天
与云霞为伴
婀甘啊！你实现了黎人飞天的梦
你在五指山上空
坚贞地撑起了一个民族的灵魂

孤独

一只老山龟款款地爬向石缝
在风雨飘摇的黑洞中静默
孤独化成它千年的永恒

一条小河好生寂寞
它在林荫里静静流淌
只有饥渴的人偶尔涉足
鸟虫枯叶常常来光顾它
它满足于荒凉的寂寞
只有寂寞才能保持它通体的澄清

每个人都梦想攀爬到太阳的高度
孤独与寂寞的黑洞是必经之路
寂寞是人生中所有灿烂的阶梯
正如寂寞留下了不朽的《百年孤独》

父亲

父亲是一块老青石
即使台风掀翻茅草屋抑或
洪水冲破泥墙根
他依然岿然不动
突兀的身躯背后是孩子们的庇护

父亲是一头老水牛
终年披星戴月
在故乡的田畴默默耕耘
打理春夏秋冬
他的汗水化为甘霖
滋润着田垄上的红薯飘香四季

父亲是一轮佝偻的月
总在我轻呷鹧鸪茶的夜里升起
编织着紫砂壶边一杯杯乡恋
故乡的小桥流水萦绕我的思绪
洗却我双眼和心灵的风尘
佝偻的月永挂在我的心头

母亲和簸箕

正午太阳就像下了火
土墙里的几棵苦楝树僵硬着
叶子也皱起眉
黄狗与土猪争相挤在伙房泥墙边喘气
一条条长舌在问天

一个正午什么声音也听不到
土墙外什么东西都不走动
唯有母亲在烈日下劳作
破竹、削篾、编织
每一个环节都那么坦然
每一次挽发都那么自如
细长的竹篾在母亲的手上脚下舞动
没有人知道她在想什么
也没有人知道她为了什么
母亲在一个正午
簸箕在火焰岛无声的世界里编织
就像在编织她佝偻的身躯
也编织了她一季的希望

夜色里的精灵

万物都跌进了夜的黑洞
雨淅淅沥沥,窗外一片蒙眬
不同的事物得以在柔软的夜色中对话
这一问一答,一唱一和
有雨打芭蕉的夜语
有水滴石穿的执着
更有蛙声如鼓地涌动
静谧的夜里奏出了一首首长或短的夜曲
推开房门不觉有更多的风景映入眼帘

一个精灵飘然而来
瞳仁在触碰中燃烧
温暖、安宁、和谐
一切都是柔美
柔美得像一片湖

泥墙边

隔壁的园地里种了许多花卉
碧绿的枝头挂满了绿的黄的果实
几条藤蔓还伸过了泥墙在上面嬉闹

半个月后寂寞的泥墙根另一角
也有了春天般的萌动
寂寞是一种希望
种子在寂寞的土里发芽滋长
那娇嫩的芽苞对着藤蔓说话
尽管荒凉的园地只有单色调
然而我看到了春的花香和灿烂的容颜
仿佛我注入了半生中断的活力

潮起七仙河　扬帆新希望

初夏的大门
在凤凰花盛开的四月打开
自贸港——一个响亮的名字
响彻琼州大地上辽阔南海
荡入山城保亭的门扉

黎家山寨锣鼓喧天篝火熊熊
打柴舞的旋律飘出了山谷
甘工鸟盘旋七仙岭云峰
唱起了一支支黎岭晨曲

多彩的槟榔在四月含苞
红彤彤的毛丹为四月笑弯了枝头
旺蛙在七仙河鼓得更欢
歌唱蓬勃的生命乐章

南海之滨涛声激荡
日日夜夜为山城喧腾
自贸港的号角已经吹响
潮起七仙河　扬帆自贸港
载着新希望远航

丹果红了
——献给红毛丹采摘节

我从七仙岭脚下走过
拥簇在神奇的北纬十八度
七月流火在节日里燃烧、雀跃
漫山红透了的丹果
像绿海上灯笼高挂
粲然在天

诗人用诗行诵读着豪情
画家用丹青描绘着壮锦
农人用硕果奉献着喜悦

一切都在丹果飘香中沉醉
幸福在黎锦苗绣上闪烁

黄会儒的诗
36 首

作者简介：

　　黄会儒，笔名七仙闲人，黎族，海南保亭县人。现系海南乡土研究会、海南诗社会员，保亭县作家协会理事。作品散见《海拔》《现代青年》《海南诗文学》《三亚文艺》《七仙岭文艺》《七峰诗刊》《海南乡土作家网》《世界诗歌网·诗日历》等媒体。作品入选主题诗文集《绿意满山乡》《绿风吹过》《红霞满天》《少数民族诗人诗选·2020—2021 卷》和保亭县诗书画主题文艺作品展，获得保亭县作家协会 2021 年度"优秀作者"荣誉称号。《山村印象》入选 2021 年度"中国好诗榜"海南榜，著有诗集《芦花短笛》。

村头那口钟

村头那棵酸豆树上挂着一口钟
一挂就是很多年很多年
拄拐杖的老人,埋在坟地的老人
他们都听过它的声音
那是游击队长捡来的日军炮弹筒
它的声音悠远而清亮
那时,钟声一响
全村人都警觉地躲藏起来
后来,它还挂在那里
只是,钟声只在夜间响起
全村老少就集中在酸豆树下
在火把的光照里开会
现在,它还挂在那里
许多年来,没人敲响过它
村庄显得宁静而安谧
大家早出晚归,忙于农活儿
仿佛忘了它一般

买鸭

端午节那天
几个好友到集市上买鸭
那么多的摊位都卖鸭
在一片撩情的叫卖声中
我们一个摊位一个摊位地看
又一个摊位一个摊位地挑
那些鸭长得都壮实肥硕
毛色油光发亮
终于买到一只满意的大肥鸭
回家宰杀时，才发现
鸭的一只眼睛是瞎的

剥花生

午后的阳光,如此和煦
风柔得像蚕丝
榕树的荫凉里,亲人们围坐簸箕旁
母亲的话音如剥开花生的细碎声响
话茬儿比脚下的壳还多
寓意却跟花生粒那样朴实饱满
母亲一生经历过许多风雨
每一句都是肺腑之言
这个午后,多么幸福
我把母亲的话语分拣出来
折叠成一首诗,放在枕边
多年以后,睡梦中也能听见
母亲和风细雨地叮咛

希望的田野

这片田野跟过去一样肥沃
过去,满坡满岭的玉米、山兰、棉花……
还生长鸟鸣、蛙鼓和蜂蝶
如今,它只生长楼房
齐刷刷的长势,像雨后春笋
此际,又在翻地
打算播种更多更高的楼房

路过道旦村

母牛低头啃着青草
在道旦村碧绿的田野
一片缀着紫色小花的草坡上
它身旁，牛犊安详地吮吸乳头
不远处，几只白鹭悠闲散步
我轻轻地路过
它抬起头，望着我
眼眸像一泓清澈的潭，水汪汪
这是三月的一个傍晚
我和它对视着，没有交流
它又低头继续啃着青草
这时，夕照慢慢斜来暖意
晚风习习。青草，一片连着一片

废弃的树头

刘木匠把村北野外的菠萝蜜树头
连根挖起,搬运回家
用斧子、刨子、锯子和凿子
一点点把多余部分剔除干净
细细揭开树的经历
轻轻唤出藏在深处的魂魄
顿时,它金黄、光滑、耀眼
有人出重金购买
刘木匠说什么也不肯卖
把它摆放在客厅,沐浴茶的芳香
生怕它沾染市井的铜臭味

老水牛

午后，老水牛
站着，或者躺着
在阳光下咀嚼胃里的食物
像老人细细回味过往
但从不告诉别人，其中的甘苦
佝偻的祖母那时也这样
喜欢把过往
一遍一遍地回忆
像老水牛咀嚼胃里的食物一样
但她会告诉我
哪儿是苦，哪儿是甜

礼遇

有庙宇的地方,就有人的踪迹
进来的人,弯着腰
手持的香火,目光闪烁
他们面向端坐高处的石头
徐徐下跪,磕头
而尘世间,从来没有一个活人
能得到这样的礼遇

木桩

我们拿来木桩
削出它骨头里的锋利
用铁锤将坚硬砸进堤坝
事实上,我们削木桩的同时
也在削自己的骨头
然后将它砸进尘世的泥土
生怕生活的殿堂坍塌

墓地探亲

已经是撕心裂肺了
清明的雨,还是一拨强似一拨
天,阴沉着脸
眼前的一抔土,埋着伴她几十年的恩爱
她站在那里,拄着拐杖
喃喃自语:负心郎啊,我看你来了
肠肚像刀绞似的,痛得刺心
又一阵风,吹起她蓬乱的银发
像土堆上飘浮的枯草
她理了理如霜的鬓发
忍着的泪,还是从混浊的眼里
顺着岁月的沟壑,滚落

站在雨林呼吸一口纯净

我们的车子奔走在蛇背上
东拐西弯,向雨林深处蜿蜒前行
山弯之上,还是山弯
蓝天之外,还有蓝天
众多的树木列队道路两旁
用亲密的目光注视我们
年轻的,扬起叶子鼓响欢乐
年老的,弓着脊背坐在山石旁
他们的热情像红棉花一样
鲜艳,热烈,奔放
在三月烂漫的仙岭雨林
弥漫的山岚聚散从容
鸟鸣洁白,空气甘醇
站在那里,我深呼吸一口纯净
让风儿吹去浮躁,吹去迷茫
我仿佛山坳里的一棵青草
生长出一首干净的小诗

除夕夜

她站了很久了
村口那棵年迈的榕树
不再有倦鸟归巢
夜幕高高挂起
她轻轻捶打酸痛的腰
慢慢拄着拐杖回屋
桌上的饭菜已经没了热气
她孤零零一个人站在神龛前
燃上一炷平安香
默默为外出打工的孩子祈祷

所见

一只鹰在辽阔的天际盘旋
稍稍拔高仙岭的秋日
七座峰在它的俯瞰里错落有致
峰顶树影黛绿,云雾缭绕
仿若有人不小心
在宣纸上泼洒水墨
此刻,秋风也并不萧瑟
盘旋的鹰突然展开锋利的双翅,俯冲而下
将山崖削成了峭壁
夕照里,斜阳在竖起的峭壁
涂抹一层淡黄的光彩
这光彩,生动如唐代的岩画
在崖壁上,熠熠生辉
我所见到的情形令人惊羡
——原来,鹰是作画的绝世高手
悬崖下,我一次次抬头仰望

祖母

祖母拄着拐杖
一身破旧的黑色衣裤
银色的头发蓬松如草堆
这个影像是她过世前十多年的事了
今夜，她拄着拐杖进屋
一身黑色的旧衣裳
我让她坐在板凳上
她问：你知道我最疼爱谁
我说：您谁都疼爱
她瘦削黝黑的脸上
一条条深刻的皱纹突然舒展开来
像小时候，烤熟玉米棒给我时的神情

应该有座茅屋

应该有一座属于自己的茅屋
矮矮地，在山脚下
远处的山安静地青翠着
我们把劳作一天的锄头倚在树下
坐在门前一块酣睡的石头
看流云悠然来去
迎山鸟衔回宁静和安谧
我们坐着，不必谈论年成
任由暖意的风徐徐吹着禾苗
还有悄悄结出种子的小草
夕阳在天边不缓不急，装点黄昏
细细地，一点一点
抹平过于喧嚣的尘世

早餐店里

一碗香喷喷的粉汤终于端到桌上
又添来一只小瓷碗
祖母用筷子把白胖的粉条夹到小瓷碗里
小心拣出青菜叶子
捞出仅有的两粒海螺放进来
用汤匙加来些汤
"吃吧,小心烫了。"她说
我心里涌起一股暖流
她津津有味地看着我
然后再夹来粉条
脸上始终挂着笑容
她又夹起粉条,准备往嘴里送
筷子却停在半空
最终,还是送到我的碗里
她的碗里只有几片菜叶在浮动

清明

扫墓的人,一波又一波
清明的雨,一阵又一阵
那么多的雨,淋湿了坟地
思念如萋草,愈长愈长还长
默默为坟茔一点一点添上新土
扫墓的人啊,一点一点添了新愁

祈福之夜

故乡在山的山里
勤劳的乡亲会种稻子,也爱编稻草人
——守篱园的,守田地的
也有手持弓箭,守在刺竹尾上的
今晚,他手持弓箭
端坐在高高竖起的竹尾
随着吆喝声转向东南西北以及中央
箭头所向,黑暗一点一点躲开、退却
祈福的人家,一点一点看到了光明
道公翻阅五味杂陈的家谱,念念有词
娘母头顶莲花,诵读菩提经
脚踩碎步,行侍奉之礼
瓷碗唤来的福音纷纷落到簸箕,闪闪发光
像岁月擦洗过的善意星星
所有的目光仿佛擦亮火柴一般
整个夜晚,总算盼来了那一刻
——稻草人的箭头指向东方
一点一点,请出太阳
照亮了椰树、房屋和寂静的院子

躬腰的母亲

小弟在屋前的一支竹子
挂上装满花生油的玻璃瓶子
竹子突然弯下了腰
颤颤巍巍
仿若随时都要折断
母亲现在就像这竹子
她哺养我们几兄弟
努力躬着,拼命撑着
生怕这个家摔得粉碎

月亮

小时候
和母亲在院子里看月亮
母亲对我说
不要指着月亮
她会割人耳朵的
现在,无论我怎么指着月亮
她也不再割我耳朵了
因为月亮和童年都很遥远了

壁虎

一雄一雌，两只壁虎
在日光灯旁贴着墙壁趴着
它们昂着头，四条腿弯曲成起跑的姿态
仿佛蓄力待发
一只飞蛾在它们面前盘旋
翅膀掠过它们的头顶
时而触碰日光灯
时而触碰墙壁
一盏茶工夫，壁虎丝毫没有动
木偶似的趴着
在墙壁上
像在思考什么
蓦地，它蹬腿、伸头、卷舌
墙上只留下两只壁虎
一雄一雌，四目相望

小黄狗

每次回家,它都从屋里跑出来迎我
这只邻居家送养不久的小黄狗
今天,它远远地跑过来
绕着我转,低声地呜呜着
好像有许多心事要告诉我
我蹲下身子,它仰卧在地
四脚朝天,黑亮的眸子望着我
我轻轻抚摸它的头
它用小嘴不停触碰我的手
亲热得像认识多年的老朋友
可爱的小精灵,这尘世里
它比一些人容易亲近得多

我一个人喝酒

这个夜晚,我一个人喝酒
那些酒鬼,他们不胜酒力
都躲到自造的坟墓里去
夜很深了
猫头鹰一声接着一声地唤
也喊不来一个人影
我只能一个人孤零零地喝酒
今夜的雨多么迷蒙,多么缠绵
多像那年秋夜
我们几个人燃起青春的篝火
用清酒煮沸魂灵
大家席地而坐,捻着歌子来下酒
窗外,风声雨声也为我们伴奏
而今夜,这个迷蒙的夜晚
秋风秋雨还在窗外徘徊不去
我只能一个人喝酒
独自听风雨倾诉衷肠

我有一个奇特的想法

我有一个奇特的想法
要在七仙岭造一幢别墅
在临溪的平地上,竖起木桩
架起房梁,盖上新割来的茅草
屋里支起竹竿,铺上竹片
便是我寻梦的温床
我拥有世上最精致的别墅
带来爱我的人,一起分享七仙岭的风光
夏日的清晨,我邀来山岚,装饰她的馨梦
午后,我陪她坐在临溪的石头上
看风儿推动碧绿的林海,波浪似地涌来
傍晚了,我陪在她身旁
看山巅的闲云自由来去
夜晚寂寂的时候
我请来蛐蛐儿为她吟唱催眠的曲子
我会在屋前种植许多绿色,给她养眼
让她清泉般的眸子永不混浊
我还会请来干净的山风梳理她的头发
让乌黑发亮的秀发永不褪色

她有兴致的时候
就随手摘几朵彩云给她
任由她编织筒裙,或者头巾
把自己装扮成地道的黎家妇女
是的,我要造一幢别墅
要成为这里永久的居民

农家小院

天空湛蓝。白云悠悠。风儿，低低地吹。

篱笆门，把宁静留在院里，喧嚣关在门外。

阳光悄悄搬来金子，洒了一地。

时间像一支甜蜜的歌谣，汩汩流淌。

屋檐下，栉比叠挂的山兰稻穗，闪烁金黄，稻香在一点一点扩散。

水井边，大白鹅精心梳妆羽翼，梳妆新娘的盛装。它伸长了脖子，把喜庆越举越高。

忽然，小狗蹦跳着嬉戏花猫，惊起鸽群振翅翻飞。清脆声响，一半留在院里，一半撒到门外。

幸福的声音啊，谁能关得住？

瀑布

其实，都同样是水。

只是，有了高度，就改名叫瀑布，不再是鱼儿们的温床。

从悬崖峭壁纵身溪谷，穿越阳光，曼妙出曲线。一道亮丽的彩虹。

人生亦如是吗？

面对这水，我的心湖清澈透亮。

风，掠不去

——致雨中护雏的母鸡

乌云更低了，草木压弯了腰。

闪电穿透乌云，划破了整个天空。

响雷在远处天边的掌声，一波又一波，撕碎心肺。

颤抖的翅膀颤抖了。船形屋倾斜，又倾斜，再倾斜。支屋的木桩抖落豆大的雨珠。

风，掠去地上的所有。

只是，船形屋下那颗鲜红的母爱，依然鲜亮。

风，掠不去。

七仙岭，绿色的翡翠

翠绿、碧绿、黛绿……

我没有见过这样绿的山。它简直是天然的绿翡翠，除了绿，还是绿——绿的山岚，绿的树叶。

弯弯的山路是绿的，悠悠的鸟鸣是绿的，草木的芳菲也是绿的。绿的溪流，绿的河堤。凉爽的山风是绿的，呢喃的虫吟是绿的，鱼儿呼吸的气息也是绿的……

漫山遍野的绿，伸手就能握住的绿，把七仙岭浸染成一幅浓淡相宜的水墨画。

含羞草

赶路的人,谁都不愿放慢脚步,轻易停歇。

惊讶于草坪角落含羞草悄悄绽放的小花,我不得不在这时,停下匆匆的脚步。

听到她怦怦的心跳,手中的红绣球却迟迟没有抛出。

晨风中,阳光下,那粉红的微笑,显出美丽而有些苍老的凄凉。

正想伸手,轻轻擦去她眼角的泪痕,却发现一句诗行,在她眉睫间闪动,清露般晶莹。

我听得见来自她根部的呻吟。但我不忍心采摘,只蹲在她身旁,静静陪她度过美好的时光。

我所认识的人

我所认识的人,他们是幸福的。

譬如山坡上采茶的姑娘,朝阳总喜欢照着她们红润的脸,她们一叶一叶地采摘,背篓里的歌一天也唱不完。

譬如山岗上捡稻穗的少妇,山风起伏着金黄的稻浪,撩拨起她们怦然的心跳,手上的余香她们男人一夜也闻不够。

譬如火灶前忙碌的老伴,把生活烧得旺盛热闹,袅袅炊烟弥漫着家的温馨,桌上热气腾腾的饭食老汉一辈子也吃不厌。

我所认识的人,他们就这样过日子,简单,但幸福。

古 藤

我怀疑那不是藤,那是一条巨龙,沿着光滑笔直的树干,蜿蜒而上,冲开层层绿荫,亮丽出属于自己的一片蓝天。

当初它是那样柔弱。一寸寸迎难而上,只为缩短与天的距离。

它肯定是由坚硬的种子生长出来的,血管里流淌着的是顽强的血液。

我想:那些亲眼所见的人,在投来敬意的同时,脆弱的心也会从惊叹中解脱。

梦幻七仙岭

　　这是神话中的蓬莱仙岛吗？弥漫的云雾托着它浮荡半空，若隐若现。

　　我隐约听到仙境里传来梵音，清泉般汨汨流动，传唱着祈祷的芳馨。

　　是谁的声音如娇燕般呢喃，温润了潮湿的清晨？

　　是谁的妙手掀开如梦的轻纱，朝阳露出新娘般的娇容？

　　鸟儿啊，轻点吧再轻点吧，请别用声歌唱，不要惊扰酣梦中的仙子，她们正手牵着手祭拜山林呢。

小船

　　我摘一片春天的绿叶,用沾染春花淡淡馨香的纤指,小心地折叠成一只小船。

　　我用细细的春雨纹出船身的斑斓色泽,用七色的彩霞描画船的花边。

　　春鸟鸣翠枝头的清晨,我把这只小小的船轻轻投放到水里,借一缕柔柔的春风鼓满白帆,让它在子夜的星光下缓缓地浮泛向前,悄悄飘进你的梦乡。

　　我不忍心把那颗红红的相思豆放在船里,生怕这小小的船只载不动这般沉重,只采一束勿忘我的芳香寄托。

　　夜来了,这小小的船只哟,驶进你辗转反侧的梦乡了吗?

月下荷莲

还没来得及展读搁在书桌的《荷塘月色》,享受那份惬意与宁静,月下池塘里的那朵荷莲,已楚楚绽开醉人的馨香。

夜莺踏着清辉,停在枝头,远远窥视她清丽的姿容。

青蛙借着月光,找寻她的芳踪,一路鼓鸣,一路放歌。

萤火虫漂浮在清波香潮,尽情嬉闹,热情欢舞……

明早清晨,也许蝴蝶相随结伴,前来皈依;蜜蜂吹响唢呐,提来满篓的祝福;老早立在小小荷尖守候的蜻蜓,也会笑脸相迎,懊恼昨夜过早入睡……

只是,荷莲依然端庄稳重,不卑不亢,亭亭静伫于池塘浅水中。

池塘边正直虚心的芦苇,最懂她的心思,这样诠释荷莲的思想:她静静敞开纯洁的心,只为感谢真诚的泥土。

织黎锦

  捻几缕朝霞,采几朵流云,轻轻地织,细细地挑,斑斓的锦缎开出一束又一束鲜艳的木棉花……

  拈几片月光,挽几阵清风,轻轻地织,细细地挑,斑斓的锦缎淌出一曲又一曲甘甜的恋曲……

  把理想织进去,把憧憬织进去,织出黎家锦绣的河山。

  把爱情织进去,把吉祥织进去,织就黎寨丰硕的梦想。

  轻轻地织啊,细细地挑。黎家人啊,日日夜夜用勤劳的双手为自己的家乡锦上添花!

黎乡三月

是谁的巧手织出的三月，是谁的纤指绣出的三月？

黎乡的三月哟，怎这般鲜嫩，这般娇媚。

摘来一片绿叶，轻轻吹起木叶的歌，山风里就流动出禾香草味的芳菲；横起鼻箫，箫孔里就淌出斑斓着山川的缤纷色泽……

这样的日子，幸福的竹竿放肆它的粗犷，掀起一潮又一潮歌声笑声，汇成鸟鸣溪唱的音韵，流向田野，流向村寨，流向三月的深处……

血性的木棉树，漫山遍野，将染满黎乡情愫的寄语高高挂在枝头，红了山，红了水，红了黎乡人的日子……

呵，是黎乡人的巧手织出了三月，是黎乡人的纤指绣出了三月。

黎乡的三月啊，美了黎乡的人，也醉了远方的客人。

吉才惠的诗
48 首

作者简介：

吉才惠，笔名麦穗，海南乐东人，海南省保亭县作家协会会员。喜欢用文字记录生活，品味人生，诗文曾在《天涯》《现代青年》《美好天涯》《海口日报》《今日头条》《长江诗歌》《安徽诗歌》《广东诗人》《海之南方》《琼山文艺》《乐东文学》《七仙岭文艺》等刊物、公众平台发表。作品被收入主题诗文集《绿意满山乡》《绿风吹过》《红霞满天》，多次参加保亭县诗书画主题文艺作品展。获得保亭县诗作家协会 2021 年度"优秀作者"荣誉称号，2021 年 9 月荣获首届"保亭杯"全国征文大奖赛"诗歌优秀奖"，著有诗集《缘分的天空》。

母亲的菜园

一双勤劳的手
一把用了多年的锄头
在家门口的空地上
涂抹绿色

清晨
青青的菜叶上
挂满轻盈的露珠
那是母亲渴望的目光

扎进地里的竹杆上
爬满了豆角的藤蔓
像极了母亲肩背上的孩子
即使负重,也心甘情愿

看得见的爱摆在餐桌上
看不见的爱藏在心里
一个菜园
一本耐人寻味的书

人间第一情

从远处传来的哭闹声
把沉睡的深夜拽了起来

婴儿
在一对年轻夫妇的怀里来来回回
摇篮曲唱了一遍又一遍

时间从指缝间溜走
孩子已酣然入睡
可父母却没有睡意
因为，太阳已经睡醒了

山海情
——观看电视剧《山海情》有感

风从大山来,带着一身的尘埃
东南边那片海,装着满满的爱

一样的天,不一样的脸
从赤贫如洗到脱贫致富
只有一座大山的距离

在戈壁滩上
一双双智慧的眼光,一滴滴辛勤的汗水
逢山开路,遇水架桥

一条金色的纽带
把山与海紧紧相连
从此,山与海不再遥远
美丽的"塞上江南"
诠释了幸福的滋味

三月，我在番托村等你

清晨
大山深处，小鸟在枝头欢唱
小山村伸了个懒腰，从梦中醒来

村道旁
花儿露出了笑靥
蜜蜂、蝴蝶轻快飞来，争相亲吻花儿的脸庞

田野里
茄子、辣椒和玉米
早已穿好彩色的盛装，列队迎候远方的客人

山脚下
那朵木棉花，手撑一把红伞
一颗炽热的心，痴情地守望

墙面上
信仰的图腾，神态各异
它们虔诚地讲述着美丽动人的传说故事

三月，徜徉在番托村
一波一波的绿在春风里荡漾
我的心儿也随之翻腾

又是一年开学季

年味渐渐散去
春风吹来了新的学期
也吹绿了整个校园

下了车的行李,又爬上肩膀
脚步越来越沉重
但目标就在前方
唯有负重前行

教室里
一排排的课桌椅整齐摆放
一个拖把,一块抹布
在地面上,门窗上,不知疲倦地行走
汗珠也忍不住钻了出来

翻开崭新的书本,墨味飘香
它和孩子们心手相牵
共同奔赴新的前程

七仙岭温泉

那么多年了
你始终热情似火
只因,你深爱着这块风水宝地

小溪边,雨林间
雾气氤氲,仿佛七仙女又来到了人间

今夜,月色朦胧
我独自一人
躺在你温暖的怀里
看星星眨眼,听虫儿低吟浅唱
任思绪随夜风飞扬

今夜
我要和你,还有七仙女
彻夜长谈

麻雀

食尽人间烟火
面对花花世界
始终固守本心

娇小的身子
却样样俱全
即使处在危险的境地
也能屡屡化险为夷

铁锅

脚下
烈火在燃烧
怀里
一把铲子在快速地
翻来覆去

人间烟火的美味
足够你用一生的时间
细细品尝

月亮

1
深夜
乌云把你吞噬
一阵夜风吹过
把你拽了出来

于是
你彻夜未眠
捧出一颗感恩的心
回报世间万物

2
你从乌云中挣脱出来
重新回到夜的怀里
时间从指缝间悄悄溜走
离别之际
一双上帝之手
把你轻轻抛起
一记超远的压哨三分球
震惊世间万物

呼唤

傍晚
下了一场暴雨
喧嚣的尘世
只有雨在倾诉

夜已深
也许是累了
雨滴不再缠绵

在偏僻的角落里
青蛙用沙哑的声音
不停地呼唤
失散多日的亲人

摄像头

单一的工作
日复一日,年复一年
从未有过倦怠

身子很小
却能装进大千世界
一只慧眼,分辨黑白
你把公平正义
留在人间

岁 月

一块石头
伫立在河中
当年
身材高大,棱角分明
周围的景色尽收眼底

如今,石头已变得
矮小圆滑
它没有责怪河水
因为,它知道
这是一种新的生存方式

追寻

清晨
群山环抱中的毛贵村
从恬静的梦乡中醒来
一轮旭日冉冉升起
抹红了天边的浮云

五指山革命根据地纪念园内
一座高大雄伟的纪念碑
如同一把利剑
直插云霄
它诉说着琼崖革命"二十三年红旗不倒"的感人故事

这是一段可歌可泣的峥嵘岁月
无所畏惧的先辈们
在这片红色的热土上
播撒希望的火种
点燃信仰之光
他们舍生取义,浴血天涯
奋不顾身冲破黎明前的黑暗

在巍巍的五指山上
升起琼崖第一面五星红旗
从此
黎村苗寨换了新天地,开启了新生活

如今,历史的硝烟早已远去
红色的记忆却历久弥新
在庄严肃穆的纪念碑前
我虔诚地端起山兰酒
敬这座村庄
敬这些长眠于此的
英雄儿女

南海博物馆

如同一艘航船
从南海归来
停靠在潭门港边
炯炯有神的眼睛
深情地守望着这片祖宗海

走进人文历史馆
在一件件珍贵的展品前
驻足凝视,沉思感悟
历史的风云扑面而来
自然生态馆里
光影流声,栩栩如生
一幅美丽富饶的南海画卷
徐徐铺开
海上丝绸之路
穿越千年

生命

森林里
一棵树渐渐长大成材
树干经过精心加工
制作成了一把椅子

柴火灶里
晒干的树枝
噼里啪啦作响
一颗炽热的心
正在发光发亮
毫无保留

透过火光
一旁的椅子
仿佛看见了
另一个自己

隧道

驮着一座大山
从不弯下脊梁
呵护着
绿色的生命
宽广的胸怀
任凭时光从中穿越
一颗驿动的心
在路的尽头
望眼欲穿

玫瑰葱莲

独守阳台一角
在初秋的晓风中
舒展美丽的身姿
仿佛春去春又回

深绿之间
掩藏不住
粉红色的笑靥
一束怜爱的目光
深情地凝视

她的模样
像玫瑰，也像雪莲花
把热情和圣洁
汇集于一身

此刻
一颗驿动的心
和初升的太阳一起
对她，万般宠爱

又见木棉花开

初春
山野之间，乡村小路
她穿上一袭红裙，手撑一把红伞
一颗炽热的心，痴情地守望

远方的人，如约而至
春风拂过，花雨滴落
唤醒了沉睡的大地

那满地的红唇
献给了挚爱她的人，毫无保留

家乡的老椰树

父亲在老屋旁
种了一棵椰子树
几年下来
长得比房屋还高
已经子孙满堂

时光流淌
它的身上
布满了一道道皱纹
可是它却一直向上生长
骨子里透着
一股不服输的韧劲
如同早已年迈的父亲

每当夕阳西下
炊烟升起
它总是张开温暖的怀抱
仿佛在等候
心心念念的孩子

这些年
在我的内心深处
有它的地方
便是家乡

芦苇花

山坡上
路边的芦苇花
开了,清瘦的身影
捕获了我的目光
我仿佛看见了
白发苍苍的母亲
一个人,站在路口
望眼欲穿

阳光下,这片芦苇花
盛满了洁白
微风吹拂,花絮纷飞
我的思绪,也随风飞扬

芦苇的头发白了
还会长出青丝
母亲头上的白发
却是一缕缕的乡愁

岁月随想

——为海南民族师范学校八七（4）班而作

翻开泛黄的相册
记忆瞬间回到三十多年前
在美丽的五指山城
在多情的南圣河畔
一群寻梦的优秀学子
开启了师范的学习生活

教室里，共同探讨学习的情景
至今让我记忆犹新
舞台上，那一曲柔美动听的《梦江南》
时常萦绕在我的心间
操场上，一阵阵的呐喊和欢呼声
曾经令我热血沸腾

那是一段青春芳华
当毕业的钟声悄然响起
纵有千般不舍

也只能互道珍重
各奔前程

花开花落,岁月如歌
时光冲淡不了记忆
那些人,那些事
历历在目,无法忘怀

这些年,你我注定经历许多
有欢快,也有忧伤
尽管相见不多
但情感未曾走远
只因为我们
有一个共同的名字

听雨

窗外
绵绵的秋雨
依旧不知停歇
已记不得
这是今年的第几场雨

独坐窗前
品一杯清茶
听一曲《雨季的故事》
任思绪随秋雨飞扬

远处烟雨朦胧
近处丝丝缕缕
雨滴敲打着窗台
仿佛在低吟浅唱
轻轻拨动着我的心弦

细雨如丝
斜风如梭

将思念编织成一张网
网住了脚步
却网不住牵挂

探访港门村

海边村落，一幢幢古宅
驮着千年的岁月
从不轻易弯下脊梁
沧桑的容颜，遮不住昔日的辉煌

晨曦微露，巷子里
热腾腾的港门粉，保留着
当年舌尖上的记忆
唤醒了漂泊在外游子的味蕾

宁远河，一条母亲河
从远方缓缓走来，一路上
吟唱着崖州民歌
不变的乡音，诉说着浓浓的乡愁

夜幕降临，渔港边
灯塔闪烁的眼眸
好像母亲渴望的眼神
渔船"嘟嘟"的汽笛声
仿佛母亲在呼唤
心心念念的孩子

霸王岭

清晨,我携着一缕阳光
撩开你神秘的面纱
翠绿是你迷人的姿色,也是你永恒的底色
雅加瀑布、通天河瀑布,用一双双明亮的眼睛
深情地守护着植物王国和动物世界
此刻,在热带雨林的怀里
我沿着情道、霸道、天道,一路徜徉
绿色抱紧我,我抱着你霸气的名字
在"山大王"长臂猿悠长的啼声中,穿越千年

寻访道旦村

这里
秋姑娘曾经来过
此刻,一颗驿动的心
四处寻觅她的芳踪

小路旁
高挑的槟榔树
宛如靓丽的黎家阿妹
挥舞着纤细的双手
向我频频点头微笑

田园里
香蕉树身穿一袭绿裙
脸上挂满幸福的喜悦
微风悄悄地告诉我
香蕉早已儿孙满堂

房屋前
三角梅绽开绯红的笑靥
犹如微醺的新娘

妩媚动人

夕阳西下
农家小院，炊烟袅袅
山兰酒飘来的香甜
留住了匆匆的脚步

夜幕降临
我遇见了
热情好客的黎家兄弟
却没有遇见
心心念念的秋姑娘

后海村印象

夕阳的余晖
亲吻着后海村,难舍难分

一幢幢民居,粉墙黛瓦
幽深的古巷,绿叶轻拂
不断地冲击着视觉
仿佛徜徉在江南水乡

藤海街道,青砖石板上
流淌着一抹抹时光
生命的棱角,渐渐被它磨平
此刻,一些念想
宛如浪花一样盛开

华灯初上
海鲜烧烤,蹦迪歌舞
释放着青春的激情
在这里,夜色不再苍老

穿街走巷,有些累了
择一间临海民宿
面朝大海,倾听海浪细说
后海村的前世与今生

和坊情思

那一年
你来到甘工鸟的故乡
安家落户,入乡随俗
浑身散发着黎风苗韵

冬雨绵绵的日子
我独自一人,拾阶而上
在你的怀里,倚栏眺望
七仙岭云雾缭绕,若隐若现
仿佛七仙女又来到人间

一壶清茶,氤氲幽香
寒意渐浓,思绪纷飞
那些年,好想和你一起
静听林间鸟语
遥看夕阳吻别晚霞
却找不到牵手的理由

此刻,一曲黎乡民谣

伴随着茶香缓缓飘来
一颗驿动的心
把你紧紧拥入怀里
一诉衷肠

港门村的酸豆树

在千年的古村口,面朝大海
年轮在它的身上
画了一圈又一圈
它的膝下,早已子孙满堂

海风吹拂
枝叶"沙沙"的声音
仿佛一位长者
传唱着古老的崖州民歌
它保留了
当初的味道
如同家乡的港门粉
唤醒了一天的味蕾

走近它,我不敢大声说话
担心叨扰了它
一颗虔诚的心,默默地敬拜

回乡感怀

新春将至,我回来了
双脚轻轻地踏上了
家乡的土地

庭院前的菜园里
蒜苗、芫荽长得嫩绿
母亲弯着腰浇水
她的头上,早已积满了雪花
微风吹,雪花飘
我的心里,泛起了涟漪

村里的楼房,一栋长得比一栋高
曾经给予我欢乐、自豪的
那间老瓦房,越来越矮了
它静静地蹲在一边
咀嚼着过往的岁月

儿时的小伙伴
已人到中年
见面的那一刻,两双手

紧紧地握在一起
好久不见,成为共同的话语
当年,爬树摘果、下河摸鱼的画面
瞬间从脑海中,跳了出来

黄昏,炊烟飘来了
家乡的味道
唤醒了我的味蕾
过往、现在以及将来
家乡
永远是我的牵挂和最终的归宿

沉香之恋

宛如婀娜多姿的仙子
千里迢迢,翩然而至
扎根黎村苗寨

大山深处,冬日的暖阳
温柔地呵护着你,高贵的身姿

依偎在你的身边
一束炽热的目光,深情地凝视
你的模样,淡雅恬静
我的心里泛起了涟漪

你身上流淌的爱
历经了痛苦的修炼
时光在这里停留
岁月在这里沉香

我只是,你生命里
一个匆匆的过客
可是,你已悄然住进了
我的心里

秋日的毛天村

清晨
旭日从山那边
露出了迷人的笑脸
七仙岭脚下的毛天村
从恬静的梦中醒来

秋姑娘把金黄的色彩
涂抹在田野上
湿润的空气中
弥漫着稻谷的清香,沁人心脾

晶莹的露珠
在木瓜叶上随风起舞
如同村民们欢乐的心情
山坡上的槟榔树
长出了诱人的深绿
绿到快要流向
山下清澈的什玲河
它承载着黎家人的梦想

村里崭新的楼房
错落有致，别具一格
墙面上的图腾文化
秀出了独特的民族风

如今
精准扶贫已结出硕果
乡村振兴正在路上
黎族同胞
用勤劳的双手
种出了美好的新生活
黎乡舞台荡漾着
幸福的歌谣

此刻
秋日的暖阳
拥抱着我
我的心里
只有毛天村

母亲的电话

熟悉的电话铃声
又响了起来
电话那头,母亲的声音
和以前一样,装满了亲切和慈爱

在我离家的那些日子里
母亲已准备好家乡的味道
盼望着我回家过年
电话里,她的声音
有些苍老
唤醒了我儿时的记忆
那时,母亲很年轻,勤劳善良
如今,她已白发苍苍
仍然牵挂着我们
对于孩子
她总是给予,不知疲惫,也不图回报

此刻,寒意渐浓
我的心却是热乎乎的

我听见了
春节的脚步声,越来越清晰
我的心,已在回家的路上

山海高速

风从南边来，带着亲切的问候
海棠湾的浪花，飞出动人的歌谣

翡翠山城，伸出了橄榄枝
雨林温泉，发出了热情的邀请

一条玉带
穿过崇山峻岭，跨过江河湖泊
从此，山海相连，心手相牵

黎村苗寨，歌声在流淌
浪漫天涯，心情在荡漾
多姿多彩的生活，正在路上编织

绿风吹过的什慢村

在七仙岭的怀抱里
一幢幢民居,仰望蓝天
一张张绯红的笑靥
喜迎远方的客人

宽阔的村道旁
家家户户的门前,绿树红花
微风吹过,那些花儿
按捺不住内心的喜悦
跳起欢快的舞蹈
一群蜜蜂和蝴蝶,在花丛中
唱起"三月三"的歌谣

山坡上,成片的槟榔树,翠绿欲滴
花瓣用稚嫩的小手,演绎"千手观音"

田野里,百香果的棚架下,挂满金黄的果子
风儿兴奋地告诉我,丰收的季节已经到来

村口的古榕树下
黎家阿妹用一双巧手,传承黎锦技艺,编织美好的未来

一抹阳光,画出她们的倩影
宛如从时光深处走来的美人

黎乡的春天
这里的每一寸土地,流淌着生生不息的绿意
此刻,我和这个村落
正在悄悄地发生爱恋

松涛水库

一湖碧水,在青山的怀抱里
春风吹拂,一阵阵的涟漪
翻开了一段波澜壮阔的历史
走近她,历史的回响,在耳畔萦绕
我仿佛听见了,母亲的叮咛

南渡江,珠碧江,南开河
这些满怀爱心的孩子
带着母亲的重托,奔向远方

他们的足迹,走遍了城市、乡村和山野丛林
我看见了,夜空下的万家灯火,点燃了青春的梦想
广袤的大地,披上了葱绿的衣裳
波光粼粼的湖面,荡漾着甜美的笑脸

她的名字,流淌着诗意
她以生命,喂养着生命
此刻,有一道目光,把她紧紧地追随

情从远方来
——写给一位亲戚

异乡出生
小时候,只记得
家乡在崖州古城

儋州木排,澄迈仁兴
留下了,你童年的回忆
屯昌枫木,求学之路,风雨兼程

子承父业,走进警营,无怨无悔
只因,眷恋家乡,你从异乡回到了邻乡
青春和激情,在乐东大地上飞扬
一份沉甸甸的责任,扛在肩上,负重前行

从警四十余年,虎年伊始,你脱下了警服
总有一种情怀,叫作依依不舍

如今,你守望着家乡
在宁远河边
静看日出日落
寻回缕缕乡愁

白发

1

时光,如同染发剂
不知不觉中,染白了
父母亲的头发
他们的白发越来越多
家乡离我,也就越来越近了

2

不分春夏秋冬
父母亲的头上,白发
一天天地生长
它的长势越好
我的心里
也长出了,和它一样多的牵挂

上岸
——写给女儿

茫茫学海中
你背负梦想,航行
你并不孤独
浪花挥舞着洁白的双手
呐喊助威,伴你同行
累了,你就仰望星空
遥远的繁星用它微弱的光
给你力量

寒冷的冬季,你的智慧
融化了初试这座冰山
目标就在不远的前方
你一路披荆斩棘
等待复试的日子
焦虑不安、痛苦煎熬
写在你消瘦的脸上

乍暖还寒的季节
一股不服输的韧劲
打开了复试的胜利之门

顺利上岸的那一刻
我看见，你的脸上，开出了
春天最美丽的花朵

七仙河

宛如一条玉带
从七仙岭缓缓飘来
在山城的怀抱里
编织蓝色的梦想

蓝天在河面上,绽开青春的笑脸
岸边的花木,在河中梳妆打扮
仿佛七仙女即将来到人间

夕阳西下,晚霞吻红了天边
黎乡苗寨,炊烟升起幸福的味道
一碗山兰米酒,唱出浓浓的乡愁

今夜,月光如水
我要和七仙女,倚坐在七仙河畔
一起聆听,河水轻弹的小夜曲

盛夏,我从毛感乡间走过

清晨,阳光穿透林荫
薄雾吻别山路
一幅绿色的画卷
在眼前徐徐铺开
微风中,牵牛花摇曳生姿
兴奋地吹起小喇叭,欢迎远方的客人

走进毛感乡间
仿佛置身于山水画廊
赛龙村、南新村、千龙村
这些大山里的孩子
日夜守护着绿水青山

大山深处,仙安岭上
石林如雨后春笋,直指苍穹
仿佛即将展翅高飞
绰约多姿的千龙洞
披着神秘的面纱
宛如美丽的仙女,楚楚动人

乡间的小路，领着我们走村入户
干净整洁的村道边
绿色的屋子，正在张开热情的怀抱
来自各家各户的垃圾
已经不再迷路，回到不同颜色的家

大榕树下
几位老人围坐在一起，切磋棋艺
孩子们在一旁嬉戏玩耍
一阵阵爽朗的笑声
流过村子，滋润了人们的心田

田野阡陌，绿风吹过
阳光下，一滴滴辛勤的汗水里
我听见了
槟榔树、百香果和铁皮石斛拔节生长的声音
我看见了
乡村振兴的路上
黎苗同胞用勤劳的双手
编织美好的新生活

夕阳西下
黎乡苗寨，炊烟袅袅
长桌宴上，山兰酒香飘来
我抬头望见，夕阳醉了
在毛感乡间，我尝到了
另一种幸福的滋味

初心
——致保亭县第一个党支部

1942年7月
乌云笼罩着神州大地
一个漆黑的夜晚
七仙岭下的龙则村
一间低矮的茅草屋内
一盏油灯亮了起来
几名血气方刚的年轻人
面对鲜艳的党旗庄严宣誓
铿锵有力的声音
打破了黑夜的沉寂

从此
黎村苗寨,星光点点
一大批仁人志士无畏艰难险阻
将个人生死置之度外
用镰刀披荆斩棘
用铁锤砸碎枷锁

驱散乌云,赶走黑暗
终于迎来了一个艳阳天

今天,一群后人
在红色的热土上
沿着革命者的足迹
寻找初心和使命
在庄严的纪念碑前
聆听先烈们的感人故事
追忆往昔峥嵘岁月

一种力量,一种精神
在我的心里迅猛地生长

望楼河

从尖峰岭南麓走来
昼夜兼程,在坡毛园转角
西南边,才是家乡的方向
人生路上,百余公里的路途
并不遥远
可是,它经历了坎坷
甚至是伤痛
当年,岸边低矮的瓦房
早已不见了踪影
一栋栋崭新的楼房,拔地而起
它加快了回家的脚步
在望楼港,推开家门
拥抱南海的那一刻
它仰天长啸

潭门港

来到老渡口码头
在"潭门故事"的门前
遥望祖宗海
历史的风云扑面而来
一代代潭门人
看罗盘、望星象、辨海流、斗风暴
写就的《更路簿》历久弥新

南海诸岛,并不孤独
你们一直都在
母亲温暖的怀抱里
亲人日夜守护在身边
纵使岁月沧桑,依旧安然无恙

此刻,潭门港里
渔民从满载而归的船上,装卸鱼货
欢声笑语像浪花一样
耕海人家的脸上
写满了丰收的喜悦

一份神圣的尊严
见证着那道穿越千年的时光

红毛丹

那一年，你漂洋过海
来到地处北纬 18°的保亭
在黎乡苗寨安家落户
时光流淌，异乡也就成了
再也无法离开的家乡

初春时节
你撑着一把小花伞
悄悄地伫立枝头
青涩含羞的模样
宛如清纯可人的黎家女孩
点亮了我的双眸
怦然心动的那一刻
一双手，情不自禁地抚摸着
一张温柔的脸庞
清风扬起了思绪，岁月拉长了思念

一个盛夏的上午我又来到了你的身边
好久不见

你已渐渐成熟
一袭红裙，落落大方
绯红的笑靥，堪比七月的阳光
热情而不失温婉
让我再度着迷

果园里
勤劳朴实的黎苗同胞
忙着采摘、剪果、分拣、装筐
把你推向更大的舞台
绽放青春的风采

在这个丰收的季节里
我想和你牵手
在美丽的七仙岭
共赴一场浪漫甜蜜的爱情

仙安石林

在海拔 700 米高处
占山为王
岁月是一名艺术大师
把想象力发挥到了极致
在你的身上,精雕细琢
仙女、雄鹰、恐龙、虎豹
海马……
还有许多的天外来客
栩栩如生
茂密的森林,在你的身边
自由自在地生长
你如神灵一般,护佑着万物苍生

攀登上仙安石林
俯瞰黎乡苗寨
巍巍青山,细水长流
置身其中,瞬间让人忘却了
尘世间的纷扰

微风吹过
一缕缕炊烟飘来了
山兰酒香和黎苗歌谣
此刻，我已醉倒在你
温暖的怀抱里

亚龙湾

宛如一弯新月
跌落凡尘
山峦张开热情的双臂
把它搂入怀中
海风吹拂
它的脸上
泛起蓝色的思念
多么渴望
能够长出一双翅膀
飞到海的另一端
只因，那里有无尽的牵挂

在雨林文化课堂

清晨,大巴车里
一张张稚嫩的笑脸
犹如初升的太阳
期待许久的
雨林文化体检课堂
徐徐拉开帷幕

在景区门口
"V"字型手势
一声"呀诺达"的问候
拉近彼此的距离

走进热带雨林谷
桫椤、佛肚竹、黄花梨、大叶榕
旅人蕉……这些坚守故土的植物
相依相伴,亲密无间
城里的孩子,和乡下的它们
热情握手,拥抱交谈

在鹦鹉表演广场
小精灵的才艺展示,妙趣横生
欢笑声,欢呼声,喝彩声
交织在一起
汇成一片欢乐的海洋

在钻木取火现场
一双双小手
使劲地转动着木棒
摩擦之间,青烟袅袅
一个动人的神话传说
从远古缓缓飘来

今天,孩子们成了
一群快乐的小鸟
我也仿佛回到了
无忧无虑的童年

七仙河的月夜

夜晚，一轮明月
擦亮了天空
七仙河畔，旖旎的灯火
宛如七仙女身着盛装
又来到了人间

沿着河岸的栈道
一路行走
风从水面来
吹走了夏夜的炎热

不远处
垂钓的人，静坐河边
目光落在浮漂上
挥动鱼竿的瞬间
他的心情比月光还明亮

月亮之下
一群年轻人

抱着吉他弹奏，动情对唱
花丛里的虫儿，也争相助兴

夜色渐渐深了
悠扬的乐曲，轻盈的舞步
携着月色温柔缠绵
此刻，快乐和幸福像七仙河水一样
在我的心里荡漾

雨桦的诗
43 首

作者简介：

　　雨桦，原名黄雨桦，黎族，海南保亭人。保亭县作家协会会员，作品散见《海拔》《五指山文艺》《七仙岭文艺》《七峰诗刊》《世界诗歌网·诗日历》等刊物，入选《绿风吹过》《红霞满天》《绿意满山乡》主题诗文作品集。荣获保亭县作家协会 2021 年度"优秀作者""优秀志愿者"荣誉称号，著有个人诗集《迎春棉》。

迎春棉

好一个艳阳天
一树树木棉花
吐出火焰
邻旁的槟榔树、椰子树
一片翠绿伴红颜
慕名而来的昆虫、小鸟、行人
止步流连

一阵春风
吹来一朵花瓣
轻轻拍打我的肩
我看见了
握不住的心
恋人的瞳孔里
有你,青春的倩影
掉落
满地

在云湖夜遇一朵玫瑰

踩着星光
行走在虫鸣幽幽的云湖畔
偶遇一朵玫瑰
它在夜里悄然开放
在微风中轻舞
美丽,却形单影只
我脚步缓慢
靠近,抚摸
注视另一个自己
此刻,它飘游的淡香
让我触到忧伤
夜色抱紧我
我抱着无言的玫瑰

什曼村是多彩的

行走在什慢村头,我的眼睛是绿色的
头顶蓝天白云,看众多的植物向我招手

行走在什慢村里,我的眼睛是橙色的
宽敞的民宿多温馨,一幢幢洋楼鳞次栉比

行走在什慢村边,我的眼睛是红色的
阳光明媚,鲜花盛开,宛如少女穿着黎锦

行走在什慢村外,我的眼睛是黄色的
我看见田园里,百香果绿叶下挂满黄灯笼

什曼村是多彩的,那是新黎乡的景色
春风惬意地吹,把幸福吹进了我的眼睛

登七仙岭所见

最美的山峰
云雾相连
绿树成荫
确定是到了原始丛林
陡峭的山峰
从石缝中散发迷人仙气
云朵可耸入
感觉像空中驾一团雾
意志力由此而生
奇峰怪异嶙峋
我们被拦截七峰腰下

看一群充满挑战
抵抗命运的人
完成未了的事
耳根在倾听夏蝉在鸣叫
阶梯中山蟹仓皇
手舞足蹈
还有那纤细长条的蚯蚓

也跟着凑热闹
从缝隙里扭扭捏捏
爬了出来
试听人类的秘密私语

金牌港的诗意

落日,红树林,仙人掌,渔船
构成了金牌港的诗意

落日奇美,像温柔的美人鱼
红着脸,要躲进海里了

海风吹过海面,金光闪闪
在我的眼眸里闪现

直到天黑,更浓的诗意从
深不可测的海里,升起

观神玉岛

置身于神玉岛
顿时心旷神怡

这里天蓝水绿
夏日吹来春天的风
波光粼粼的湖面
注定是仙女游过
卸下彩妆
散发金碧辉煌

乘着船头穿梭过你闪烁的银光
映入我眼帘,你自然淳朴
人们不禁与你同框
天空是永恒的见证

揉揉眼睛捕捉不透
我乘风而入
融入你内心
你足下的一片土

远山

植物静静躺在山里
我经过它们
闻到淡香
微风唤醒野花绽放
我驻足，深呼吸
忘记了困倦
山上的风景陪伴一路
我越走越远
那座山，便成了
我的远山

南春村

山的那边
一抹抹微云
袅袅炊烟弥漫
飞鸟掠过
寻找明日的彩霞
新月弯弯
小河流水潺潺
曦光闪烁
百香果绿油油
火龙果紫灿灿
石榴果黄澄澄
麻雀展现优美的舞姿
为新村而欢庆
小洋楼一排排
槟榔遍野山椒红
稻花香里人欢歌
萦绕在
初升的太阳下

在番托村

一切都是美好的向往
欢喜地徜徉其中

山水蓬勃,田野翠绿
紫茄与我比高
朝天椒傲气出场
玉米对我眨眼

新型犁田机坐看自己的收获
小洋楼挺起了胸膛
村道上公鸡高唱迎客歌

在番托村的池塘
我垂钓蓝天白云
采撷二月木棉红
与瓜果的五彩缤纷
为你编织
一帘绮梦

秋天

美丽的秋天
色彩斑斓的秋天
写满深深的回忆
和你追我赶的童谣

喜悦回荡
在儿时的田园
稻草人迎风起舞
扮演微笑的角色
蚂蚱满天飞
麻雀成群地玩耍,在田间
母亲手中的镰刀
饱食金色的稻穗

稻香啊
让母亲笑弯了腰
香在整个秋天
给村庄摆上丰盛的宴席
绿的梦

躺在大树下
眼睛布满绿色
一树的绿
宛如天上繁星
发着绿光
微风轻抚
我的脸颊
听树根流动
茎在生长
陶醉于满心的绿
揽我入怀
使一切不那么寂寞

旅途

快车携带我前行
目光无法停留
浏览千姿百态的风景
一座座山
一片片绿林
一个又一个村庄
组成一幅幅彩画
奉献给黎明
和夕阳

人生的风景就这样闪过
我要在旅途中停留
做一个
善于欣赏的人

走近奇楠沉香

是神秘的香气吸引我
走向平平常常的树林
在那秀丽的山岗,幽静的盆地
陶醉于奇楠沉香的魅力

走近你才知道
你有受伤的身躯
而你用黑油脂
以德报怨,垂爱这世界

沉香茶,沉香酒
心存慈悲的手串
普度人心的线香
都是你的惠赠

你爱女性也爱男性
你是佛的化身

遇见芒草花开

冬季,海南遍地是春
微风阵阵,芒草花摇曳

尽管在洼地上芒草花依旧飘逸
尽管在山沟里芒草花依旧蓊郁
尽管在山坡上芒草花依旧簇拥

曾经这片山坡不是那片山坡
曾经这些人群不是那些人群

你来或者不来,它依然开放

道旦村印象

一株迎春花,向我点点头
温柔,善良,像邻家阿嫂
三角梅是我美好的记忆
向我端出烈火般的情意
黎家敬酒歌多么温暖
槟榔林中,一抹诗意在流淌

毛天村礼赞

金色秋风吹过毛天村
亲吻丰收的村民的脸

村口的杨桃树像美丽的少女
披着金色的秋装

槟榔树上结着金子
在金色的阳光里扬眉微笑

金色的稻谷笑弯了腰
为毛田村的幸福

哦！黎乡金色的天空
曾被诗人注目和礼赞

您是雨露

您是清晨的雨露
滋润我的心灵
您是一束光
指引我穿过黑夜
如果我是一朵鲜花
一定是您的汗水浇灌
如果我是逐梦少年
一定是您指引方向

您是爱
是善良,是希望
您是大海,我是鱼儿
您是天空,我是云彩
您是一轮明月
我是无数星星中的一颗

在和坊

在这样的静中
听古筝
每一根琴弦,都能激活我的心
在和坊,聆听一杯茶的回音
看姑娘起舞
忆青春
沉浸于静和美

晴朗的天空下

晴朗的天空下
大地奉献清光
在树影婆娑的河岸

夏虫与星光恋爱……鸟鸣
高昂出森林与水面跟斗
鱼儿欢跳出尖嘴的泡泡……

清冷的岸际
传送老母牛的声音
那疼爱的呼喊
已成了上帝的恩准与祷告

缅怀战斗英雄陈理文

沉重的年代
走出保亭黎族的儿子
全国战斗英雄陈理文的铜像
是永恒的丰碑
陈列室里
一双炯炯有神的眼睛
毅然注视前方

纪录片
呈现灰暗历史
敲击每个人的痛感
琼崖纵队无畏的战士
在战场上厮杀
冲向一个个坚固的碉堡

为民族而战的信念
刻进骨子里
告诉自己
一切交给党和人民
哪怕献上生命

硝烟弥漫
已是昨日
英雄豪杰的精神永在
仿佛海浪日夜汹涌

题墙上草

既然选择成长
就不会因为孤独而退却
在野火来临之前
用生命的坚韧
换来一锥之地
一个自我修行的道场

父亲

父亲像一棵大树
以绿荫庇护我
我像一只快乐的小鸟
蹦跳在你的枝丫上
你沉默
直到风不再吹
雨不再下
如今你已老去
皲裂了岁月

别母亲

你躺在床上
保持固定姿势
弯曲的身体,弓箭一般
面容憔悴,细语喃喃
微弱的呼吸呼应微弱的脉搏
这是您最后的形象

母亲节又到了
思念在梦里飘飞
你安眠在地下
我迷茫在人间

等你在丰收的季节

风和日丽
山兰飘香
渲染着优美而荡漾的秋色

十位黎家姑娘
窈窕淳朴
如鲜花绽放
她们捧起金色的山兰
盛情相邀

走在故乡丰收的喜悦里
青翠的草丛间
飞鸟俯瞰的天空下
等你
同奏欢庆之歌
在满山遍野的山坡上
在春华秋实里
采撷秋风
送来的芳香

启航吧,海南

海南岛,停靠在
祖国母亲身畔的一艘航母
四周巨浪汹涌,你再次启航
震撼的螺号吹遍了海角天涯
绿岛上的儿女挺直了腰板
像一棵棵从不低头的椰树
任日晒雨淋,从不躲避

没有比大海更宽阔的路
迎着海风,向着太阳
启航吧,海南,扬起风帆,不怕风浪
在一望无际的大海上
我们已有新的方向,新的征程
让我们满怀希望,抵达彼岸

启航吧,海南
竖起那坚强挺直的桅杆
更要勇敢地在咆哮的大海上
像海燕飞翔在电闪雷鸣之中
借着自由贸易港金灿灿的彩光
编织美丽的海岛的梦

金色的蝴蝶

雾气洋溢着
果实飘香的季节
我的心便陶醉
徜徉在其中
随着风起
你优美的姿态
宛如成群的蝴蝶
飞舞在我的视野

月亮之下
你碧玉般金黄剔透
金灿灿如掌上夜明珠
点亮了这座美丽的小城

城里城外
乡村小路山坡上
满山遍野
目睹你的足迹
丰收的喜悦
悄悄地来到谷仓上

在弯弯的穗香里
在大海的咆哮中
在火红盛情的五角枫下
翩翩起舞

比起枫叶你最灿烂辉煌
比起速度你飞得最快
在疾风骤雨中你重塑自我
化作春泥,护着大地
给树木添枝加叶
于是我的花园里
多了金色的蝴蝶

时刻等待飞翔

爆炸了,一颗原子弹
在中国胸部
这个本该欢喜的年
变得沉静
楼,成了鸟笼
这双自由的脚
断送亲密的拥抱和热情
我成为孤单,飞不出去的小鸟
沙发托着我的困倦
哎,即便是这样
我也要美丽
在这难熬的冬天
坚强修炼
时刻等待飞翔

寻找春天

春天在哪里
我问天,天不应
春天去哪里
我自问自寻
我仰望天空
蓝色的天空浮云在飘逸
我问树上的鸟儿
小鸟在重复悦耳动听的歌声
我问问风
风在淡定中吟哦诗词歌赋
而我在百忙中寻找春的踪迹
我抬头看看枝头
风习习吹来二月的木棉花
三角梅喷薄冲天
烈火如歌
小草还在寒风中捂着被子
我一路前行,路旁的扶桑花
开在一抹绿的怀抱里
如梦中的新娘如此娇羞

鸟儿忙着吱吱了声
似乎向人间传唱春天的故事
此时此刻我脚步放慢
展望眼前
哦，春天
春天就在我身旁

森林之夜
——记一次野营活动

几个时辰的跋涉
终将成就一群人
忘我的境界
风平息了
森林的夜那么深沉
星星没了
仰望穹穹
点燃一把火
照亮一群森林子女
赴约一场森林酒会
他们像疯狂的石头
激情飘荡不甘寂静
酒浆是他们芬芳的喜乐

森林
在夜的视线里

放飞心灵

清晨起风了。我放下
肩上的重担
放下支离破碎的心绪
以及无所谓有的杂乱情思
过上清雅美妙的一天
舍下不堪回首的往事
我享受着眼前纯净的空气
放飞心灵,寻觅慰藉和
摇曳在秋风里的芳草

种子的力量

我看见失落的身躯
懒过海洋的潮起潮落
平平淡淡的奢望
如此脆弱
试听生命在跳跃
心律却失常不齐
我看见大地撒落一颗情种
种在荒野求生的路途
那里寸草不生
零下风霜雪夜
寒风是它的领路人
雨露是它饥渴时的滋润
它选择了此地着落
坚持坚持着
冬天一过春天花正开

溪边

赤脚驻足溪边
沐着晚霞金色的光芒
抓一把沙
撒向天空
撒向千花百草
我长发飘飘
四周寂静
唯有温柔的风
轻捶我心房

太阳

一条长长的河流
像一面长长的镜子
清晰得可以看见两个太阳
天边一个,溪边一个
迎着朝阳的光辉
我往河的南边行走
太阳的光辉携带着我前进
我逆流而上
太阳的光辉总是被我携带
好像我们都是引路人
我走到哪儿太阳跟到哪儿
我无法逃脱掉它的纠缠不休

布谷鸟的歌声

在那渺无人烟的夜下
寂静地等候等到伤春悲秋
等到秋风把叶催熟
纷纷撒落
抹去绿叶对根的思念
时而静听得到
山那边传来布谷鸟凄惨的叫声
像是点唱着一首单曲循环
流放在人间的歌谣
听起来好悲伤
提示着一种征兆
当秋风透过椰林叶
闪烁的柔光
轻弹的泪
层层淡淡的忧伤
无语凝噎在这渺无人烟的歌声里

独夜

岁月渐老心渐静
前瞻后顾已走了许多年
想想多实在
实在得只剩下空白的微信
线上只多了一份宁静
不见你,我不争
夜容许我倾诉内心情感
想起初次的遇见与激情
你曾给过的承诺
承诺一生一世
在那菩提树下微风荡漾
双手合十膜拜佛祖
太阳笑成了向日葵
想着想着好新鲜
窗外的月亮偷偷笑了
笑我欢喜在这独居的夜

停留的爱

第一次驻足三亚
美丽的夜景
夜色迷惑
勾起我沉思
凝固已久的冰心
伴随着歌声
炫彩洋溢浓情
秋风萧瑟
行人激情澎湃
河柳岸下
比翼双飞
晚风轻轻松松
吹拂着希望
心容纳爱的港湾
爱一直停留在
你曾爱我的那晚

临晚心灵孤寂

心飘向远方
想象汹涌澎湃中的船帆
想象被烈日烤煎被风吹雨淋的亲人
心肝挨着刀山火海
脚下抖动步伐
谁晓得天上的街市依然灯火生辉
笼罩着我心灵的独白
从海上朝霞等待日落归岸
心房穿刺无边际
热流把我双眸打湿
远视那漂移的船帆
几何交织
等来的彼岸

芭蕉树与蜗牛

青翠圆滑的你
竖立在风雨里
默默地摇摆着
那驮重的背后缓慢地
穿行
吸附你灵性的身躯
来独宠静与动的边缘
感叹却没有被滑落
因为它即使很慢
但不失憨厚稳健
一步一个脚印地行进
最终也会爬到它想爬到的地方

谁是知音

炎热的夏季已过
迎来秋天的凉风
秋天是绚丽多彩的人生
美好的回忆重燃
大地覆满了金黄的落叶
犹如掉落的往事
回忆着曾经相识的那人
在此，我们互赠初心
默默许愿之中，愿天赐良缘
问谁是知音

在梦里我想去有你的地方

五月的石榴花开
我要乘着蝴蝶的翅膀,去看你
带着思念
带着心愿　一齐走向你
依偎在你肩膀
做你梦中的新娘

青春

无忧无虑的我,只想抱你歌唱
歌唱我们的青春,我们的爱
此时夜深人静,我只想
悄悄地望着你,那相片上的容颜
你的衣装,你的神采——
和你沉思时那谜一样的静
你那赤诚的胸怀充满了引力
那时的我只有欢乐和梦幻

爱

我的爱是夏季的情
冬天的风一吹就散了
好似晴朗的天空突降风雨
我全身发抖,目视它消失
云朵里,九霄外
即便是现在我也不会轻易想起
也不会轻易忘记

月亮说

我从古走到今,从没偷懒
白昼渐远,黑夜渐近
我把清辉洒向人间
此生无憾

我对你,就像月亮对这大地

符发的诗
26 首

作者简介：

  符发，汉族，海南琼海人，现居保亭。本科学历，文学学士。在省级以上媒体发表各类稿件 300 余篇。先后在琼海、定安、海口、保亭等地工商、市场监管系统工作。

对话

我问树干
你年年月月站在这里
不感到寂寞吗
树干说
我感受到了永恒

我问树根
你从不展现自己的存在
不感到孤独吗
树根说
我感受到了深沉

我问树叶
你高高在上
不觉得荣耀吗
树叶说
我感觉到了惶恐

我问落叶
你飘飘坠下
不感到衰老吗
落叶说
我感觉到了新生

会同古邑

翠翠端山
悠悠聚奎塔
应台书院
何处觅琅声
十里赵水
不见采莲人
东关庙里
香火旺否
问一声乡叟
可知当年端赵都
问几番学子
可晓会同旧府
不知,不知
只道一声"去县"

东方巨龙

天地间
来了一个我

我痛
我哭
我惊醒
我绽放

我受尽屈辱
我知难而上
我满身伤痕
我勇猛闯荡

我浴火重生
我豪情万丈
我展翅高飞
我奋力远航

我疾走如闪电
我奔腾如飓风

我怒吼如惊雷
我狂放如巨浪

中国
一条奋起的东方巨龙

你说

你对我说
你找到了高山流水
我说
我没有知音

你又说
弦断尚有伊人懂
我说
我找不到共鸣

很多年后
你说
情感深处是孤独
生命巅峰是冷冰

如今
我说
情感像大海一样博大和深沉
生命像高山那样宽阔和悠远

偶成

惯看　绿尽黄染
似梦　国色杜康
浮云遮目虚景
前程正道直奔

百态　千姿　万象
纷纷　沸沸　扬扬
冷眼静心无情
孤胆穿风独行

万泉水乡

春风吹
椰花正芬芳
炊烟起
鱼香入心堂

古栈道旁
荷池红花放
万泉河畔
品水乡情长

味道

伤心是一杯茶
时间
会越冲越淡

忘却是一杯酒
咽下去很苦
醉后很酣

失意是一碗药
滋味
无法言谈

闲情

斜阳依旧浓
依稀烽烟淡
古战场上
锈迹斑斑帝王梦

巨鹿神勇
竟遇垓下
西眺中原无望
泪洒纵横

何人对月诉惆怅
多少豪情寄空樽
莫问酒醒何处
余生放浪烟霞中

遥望江东几千里
故乡回难
芸芸将军族
都作白发翁

望荏苒

英雄俗子奈若何

浪淘沙

皆相仿

樵渔把酒话闲事

管他秦汉与唐宋

伤痛

易水寒风起
壮士从容来
荆轲
你不懂我

于是
我问周郎
荆州怎短了你的壮志
我问拿破仑
江东不比滑铁卢
怎就沉沦了你的豪气

一片沉默
一片可怕的沉默

可是
荆轲
蓟城外
我分明听见你的离歌
周郎

长江滨
我分明看见你的愤怒
拿破仑
在俄罗斯的严冬
我分明闻见你的叹息

孩子
在那黑暗的角落
我分明看见你内心的伤痛

来吧
荆轲,周郎
还有拿破仑
让我们起舞吧
在这苍凉的夜里

雨

雨　雨　雨
雨是情人伞上跳跃的精灵
雨是游子故乡的呼唤
雨是迟暮岁月的心情

雨　雨　雨
细雨冷雨太阳雨
雨弥合了大地的裂缝
雨哺育了生命的稻田

雨滴在饥渴的大地上
也滴在我的心间

远山

远方
天空苍茫
高山苍黄

我看见
有一个人
在世俗的道路上
踽踽独行

此刻
我心仓皇
我心苍凉

再从头

落花情深
不住东流水
华发无奈
白驹匆匆去

十年寒窗成一梦
泪洒故园
伤心处
难禁唏嘘

意茫茫
情凄凄
未见云锦期已过
重拾旧书寻真意

待从头
再走阳关路

再见,伊人

再见,伊人
我不是你停泊的港湾
也不是你缠绵的归期

再见,伊人
我不能以浪漫的童话欺骗你
也不能以情人的呓语安慰你

我只是
一朵流浪的云
一阵漂泊的风
天空是我真正的旅途

再见,伊人
我不愿
在蓝色和白色之间
再有红色的诱惑
我不愿
在轻松与飘逸的行程里
再有沉重的叹息

再见,伊人
你不能给我自由的爱
就像不能给我爱的自由
我害怕诺言
我渴望自由
你只能
成为我风中的回忆

因为
孤独是流浪的唯一行李

再见,伊人

激流

我是一条溪流
一路欢歌
一路奔走
直到悬崖的边缘

面对艰险
我纵身一跳
跳成一种壮美

任你世人
是惊
是奇
是不解

念君

快意当年随我狂
一朝扬镳各闯荡
茫茫江湖两不知
问君此刻在何方

忆当年

月下花间诉细语
痴心不悔当年郎
豪门院内几度秋
如今一人看残阳

惊雨

狂风乍起天蒙蒙
秋雨飘摇雨匆匆
一片水帘入窗来
惊醒小儿在梦中

壬辰年回顾

垂髫无事翻古书
少年离乡求闻道
而立仕上工商途
至今犹觉人生早

农村小院与旧知叙

窗外明月窗外风
乡村小庭乡村茶
儿时顽童今时爹
笑问何日娶上她

蹉跎

静听波浪起
低唱晚霞歌
卅载悠悠过
谁个叹蹉跎

贺琼海泰拳俱乐部成立两周年

群侠齐聚登仙岭
豪情满怀识英雄
谈武论道意慷慨
泰拳扬威立岛中

夜里加班

窗外红灯闪诱惑
街上闲人笑语多
静心回首傍旧桌
公牍字字需细磨

遇佳人

盈盈梨涡气清新
款款娴态迷人眼
温语脉脉含风韵
从此日日乱我心

赞梅

春风不识梅花颜
百艳畏寒待来年
独爱霜中展风骨
万千风尘只等闲

龙寿洋

绿野尽处起炊烟
小塘碧荷倚田园
群鸭嬉水逐弃穗
渔人弄竿声声清

农庄

池旁畦径梁田
林中树下瓜园
水流风拂人闲
茶香果甜
好心情在庄园

定安鸭饭

林边水上庭前
笋鲜荷嫩汤甜
绿头田鸭味酣
酒兴未尽
何妨再来三坛

梅莹的诗
22 首

作者简介：

　　梅莹，黎族，海南保亭人。保亭县作家协会理事。保亭新星居工作站管理员，七仙岭君澜度假酒店文员。从事本土文化、黎苗歌舞教练及竹木器乐教学等工作。主要有不同体裁作品《杉·峻子》《甘工鸟歌唱的地方》《曼陀罗花开》等。作品散见《海拔》《三亚文艺》《海南诗文学》《七仙岭文艺》《七峰诗刊》等。作品入选主题诗文集《绿意满山乡》《绿风吹过》《红霞满天》和保亭县诗书画主题文艺作品展。获得保亭县作家协会2021年度"优秀作者"荣誉称号。诗歌《甘工之恋》和《遇见了你》分别获得2009年保亭诗歌大奖赛一等奖和三等奖。

甘工鸟之恋

在这空旷的夜
请你静静聆听
接受我歌声的带引
我歌唱亘古传唱的长调

自洪荒的岁月
穿过云层
在七仙岭的夜空下,低回
找寻我前世今生的曾经
青山依旧,绿水长流
却已寻找不回
地老天荒的梦绕魂牵
岁月无痕,蓦然回首
已是人间天上

遇见了你

遇见了你
从此海边
那棵风中摇曳的椰树
洇了我的凝眸
就凝成了你伟岸的身影

遇见了你
从此
成了天涯
那只回头的花鹿
就再也回不去当初

遇见了你
从此槟榔树梢上那弯月儿
弯成了我身上的银饰
在每个静谧的夜里挂满思念

遇见了你
从此织锦的时候

总把心事
捻成丝线
织做七夕的鹊桥会

遇见了你
从此温泉见证的山盟
被点点滴滴
拌入山兰米
酿成了原汁原味的甜

遇见了你
从此鼻箫和山歌调儿
乘着叮咚欢跳的山泉
绕过满园的槟榔
醉了四季

遇见了你
从此把春天
还有泉雾中那道彩虹
做我黎裳的颜色
为你穿越所有的日子

路过你的森林

梦里
听从心的召唤
自山野的溪流
路过你的森林——

我的父亲
那里牛铃叮咚
山雾如约
松鼠从溪石经过

梦里
我追随飞鸟的指引
蹚过瀑流化虹的山谷
路过你的森林——

我的父亲
那里峰恋叠翠
树木峥嵘
万里苍山不染尘

梦里
我倾听溪流的叮嘱
在浅秋的暮色
路过你的森林——

我的父亲
那里鹿鸣空谷
山兰熟透满园坡
你跨山越涧猎山林

梦里
我遵从心的召唤
山高水远
重回家园

黄昏鸟唱晚
老屋炊烟佳酿
一碗老酒，沉日月
不诉离愁

翠 鸟

湖岸新绿
水中断树头上
那只静观水面的翠鸟
箭一样射入水中
叼起银亮的小鱼
瞬间又返回断树头
水面复归平静

隔一个水面的距离
翠鸟反复着它的渔猎
我钓竿上那只蜻蜓
许是打了盹吧

暮春的四月
山如黛　水无波
我们都是这水域的渔者
我钓的是风景
而翠鸟　却为了生活

母亲的镰刀

也曾是这样的五月
风吹过南方的丘陵
贪玩的我
把母亲的镰刀
遗失在稻浪翻滚的田野

阳光下
手扶斗笠的母亲
起伏的稻穗
贴抚她的筒裙

在这风吹过的五月
仿若看到　阳光下
手握镰刀的母亲
在稻浪翻滚的田野
斗笠半遮　筒裙斑斓

七仙河

有关你的风月
在召唤大地的鹿皮鼓鼓点里奔腾
在跳娘祈唱的打碗声中浩浩荡荡
在阿婆月落星沉的捣药杵下
山高水远

纵使时光荏苒
紫陌寒烟
在沉积岁月的人间烟火里

山静水流　鸢飞鱼跃

山那边，风吹过海岸

七月的风吹过
自贸港落地海南
女儿以人才引进方式
举家迁回
就在海边的城市
安居　工作

他仍守着他的山兰田
那棵见血封喉树下
深埋他的狩猎装备
他偶尔受邀
制作树皮衣被
录制央视非遗节目

那条开通的高速路
山下的隧道
已车流如蚁
他那身为工程师的女婿
就在他的山兰坡地上

曾经和一班人马　拿着规划图纸
对着山河　指点和规划
他的目光
鹰一样深邃
他的牛　悠闲地吃着草
他的猎枪和他的箭毒
深埋在他脚下的土里

山那边　风吹过海岸

夜下七仙河

花月沉香的七仙河
是天上繁星的摇篮
烟雨缠绵的小城
弥漫着隔岸的槟榔花香

潮起海之南

七月
这充满生机活力
饱含希望的季节
这机遇与挑战并存的 2020 年
两会奏响时代最强音
海南自贸港落地生根

从此　中国海南
这艘乘着新时代浩荡东风的中华巨轮
劈波斩浪　扬帆起航
美好的民生图景
铺开了盛世万象更新的华丽画卷
海南　这颗璀璨明珠　世界瞩目

海南洋浦港
从此叫作中国洋浦港
一个自由开放的陆海通道
便捷和效率
比肩世界级经济

多功能自由贸易账户体系
金融对外开放基础平台
跨境投融资便利化

岛内高速
穿山跨水连山海
田字型迈向丰字
全面贯通

三亚免税城
洋浦经济开发区
海口日月广场
美兰机场
博鳌亚洲论坛国际会议中心
世纪大桥
海口高新区　江东新区
陵水黎安国际教育创新试验区
海南生态软件园
文昌国际航天城
四方五港
空前繁忙

这里　海风温柔
这里　夜晚浪漫
这里　潮起海之南
这里　我们逐梦自贸港

我们对脚下这片土地　满怀信心
我们勠力同心　奋发豪情
我们同舟共济
扬帆远航向未来

怀秋

风起雨林
木叶惊秋
人间换了季节

秋叶作别枝头
满满离别滋味
过往亦在深秋
偶尔想起
有风　有雨

入夜的诗夹生
杯中的残酒
生了爱恨
把郁郁红颜
托了秋凉的月

我的日子

岁月
举着
杀猪刀
度世的人
每天悲喜交替
可日子
还是日子
百态的人生
终在百孔千疮后
无一疏漏地
回去了
那个似水流年的光阴
化作尘埃

远足

你静静地望着村庄
苍老的身躯不再挺拔
混浊的双眼一一作别
你的房屋和树木
离开的脚步渐行渐远

你说
要做一次远足
我心碎的外表
眼泪流进心里
生命中习惯有你
我的恐惧你可看见
倘若没你的日子
世界将如何风雨飘摇

你说死亡只是另一种开始
是生命的又一场春暖花开
你已听到祖先吹响集结的牛角号
还有鹿皮鼓的召唤

清明祭

往年的清明
家里准备的祭品
总有一篮子三色饭
黑色黄色
还有白色
供在祖先的牌位前

长者说
黑色是土地公的
黄色是故去亲人的
独有那一味
白色米饭
他们笑而不答

庚子年
木棉花殇一地
天地哭了一场
人间四月
万物复苏阴霾散

芳菲花事　人间皆有
生养我的人
终是和生养他的人走去了一起

清明的祭品
那一篮子三色饭
在这清明郊野的林荫下
飘满合欢花絮
跪的姿势
可以离生养的人近些
我终是明了
那一篮子三色饭
那咪未染的白
是世代仍需延续的
人间烟火

我们应是刻骨爱过

我们于前世
应是刻骨地爱过
不然如何又
遇见得这般恍若隔世

你我可曾
金戈铁马前尘相约
又都逃不过
那碗孟婆的汤药
不然如何又偏偏
遇见得这般
似曾相识前缘未了

倘若这尘世间真有
那三生三世的情缘
我便是那
来自森林的女子
记忆里的与生俱来
仍残存于你的生命之旅

当海天相携
日月星辰共沉浮的
开元之月升起
那个来自森林的女子
在你西海岸上矗立的
盛唐开元宫殿
卸去所有设防
抖落一身尘世风霜
你如诉的潮起潮落
轻摁我难抑的哽咽

当开元之月升起
那个来自森林的女子
夜泊你的港湾
重回开元盛世

蜘蛛兰

你许我的花开
在这陌上红尘
专情开放在
那个叫520的黄昏
我回眸
在夏蝉不安的山林
你高洁的美
芳香我的初见

若你也愿
我的心,住着日月
等你千帆过尽
在心的一隅,柔软你
沧海桑田的灵魂

五月黄昏

初夏的雨
不醉黄昏
谁家看园人
又唱槟榔调
雨后小果还青青

惹得路人
隔山丢过砍山歌
惊起一园栖林鸟
恨恨穿云去
天色空蒙

遇见这片海

我从森林走来
遇见这片海
当明月升起
月光照在这西海岸
风儿来自森林
裹挟霸王岭的猿啸
掀动黎妇斑斓图腾的裙裾

屋檐下正待晾干的黎陶
刻印天地初开的起源
历经太阳和月亮的洗礼
它们等待一场
熔炼后的涅槃蜕变

当明月升起
我从森林走来
踏着祖先的足迹
遇到这片海

落日

渐远的秋声
没有了你的音讯
七仙城河的落日
余晖里闪现的
仍是你的身影
日子仍像这静静流淌的河
波澜不惊
迷离的只是双眼

云的高度

你可有乡愁
你静寂的美
像极了遗世独立的女子
路上的我
仰慕你的高度

心总在暮秋的黄昏
化作飞鸟
任灵魂海阔天空
以云的高度
寻这苍茫大地的诗与远方

梦境

在篝火照亮的海滩
有搁浅的老木船
浩瀚的海
包容你的沉默
我是那个
行走在你梦境边沿的女子

我们迟到了许多年
邂逅了却只顾挽留
那将淹死的落日
离别时刻
想起
没有好好打量你
岁月眷顾的容颜

桑寄生[1]

秋雨绵绵细无声
榕树枝头桑寄生
啼鸟去无踪
叶落风萧萧
桑寄生啊桑寄生
天地的孩子桑寄生
那是大地母亲的托付
无悔的大树把它高举
寒蝉因离开大地鸣泣
天地的孩子
遥望深邃的天空
与大地无缘

【注】桑寄生:是寄生在大树上的一种植物,可入药。长在黄芽树上的要比其他树上的桑寄生更具有神奇的功效,民间俗称"救必应"。

秋韵

秋
雁去
云相送
秋水无痕
残荷留风骨
斜阳夕照归舟
谁家阿母唤儿声
引隔岸哞一声牛叫

周小娇的诗
14 首

作者简介：

周小娇，1985年生，江西丰城人，现居保亭县。任职于保亭雨林仙境酒店。保亭县作家协会理事。作品散见《海南日报》《海拔》《七仙岭文艺》《七峰诗刊》等刊物，入选保亭县《绿意满山乡》《绿风吹过》《红霞满天》主题诗文作品集。荣获保亭县作家协会2021年度"优秀作者"荣誉称号。

风吹过海岸

诶！轻轻地，你来了
你从大海边经过
踩着沙粒的倔强，夹着椰树的曼妙
留下一路的狂想

哦！轻轻地，你来了
你掠过翠绿，越过巍峨
飞越那片海，只为这座山
而这一路的金山银山
才是我们心中最美的赞叹
嗨！轻轻地，你来了
吹过海岸，越过高山
绕过城乡的每一处繁华与偏远
一路坎坷，一路飞越
一路在欢喜中执着

本身风雨本身伤，半生沧海半生凉
清风虽不过南港，故人新颜目相望
你来时虽携风带雨
你走时愿风和日丽

那条通往七仙的长廊

有一条通往七仙的长廊
夏天的知了是最好的向导
温泉在树上,树在那
最后一抹落日的余晖里
曼妙。风儿轻轻吹来
欢喜了树梢上的松鼠
羞红了刚爬上七仙岭的月亮
月儿躲在七仙后面的云朵里
久久不再出来张望
像极了穿黎锦的姑娘

斗月亮

当月儿爬上树梢的时候
月亮并不在天上
她忐忑地在这池清泉里
摇摇晃晃,像极了
人间烟火里的醉酒女子
我倔强地跳进池水,捧几捧泉水
重重地砸向水里得意忘形的月亮
她被揉碎在这清澈里
仅仅几秒,继而
又张狂得更厉害,更得意
而我的不服气,有时会化成
一滴眼泪,或者一滴汗水
便通透了整个山脉

恰到好处的期待

我总有那么一份小确幸
如意的时候
欢快又流畅
不如意时
也只不过是些许惆怅
她像一个个跳动的音符
在太阳下不停地舞蹈
每一份小确幸
都能带给我对明天
更恰到好处的期待
期待下一个小确幸
要么更欢喜
要么更惆怅
我欢喜于每一份
被馈赠的小确幸

等我做了母亲

等我做了母亲
你要的我都给
等我做了母亲
你说的我都听
往事如烟,时隔多年
我终究如愿以偿
成了那个我一直想成为的你
原来,我给的,你并不想要
我想听的,你并不想说

冬语

暖冬阳
落风尘
似为芳华
虐天涯
红尘中
繁华里
一人
一琉璃

车窗外
荒芜里
尘埃不定
抚人知面不知心

相遇易
相守难
孤鸿南去
心始乱

补月亮

一年 365 天
唯有今天
让我坚信
天地间
一定有，两个月亮
一个刻在心里
一个照在脚下

脚下的月儿时而圆，时而长
让人琢磨不透
我常常想定住她
但，总是不如意
小时候阿妈说，月亮里有个吴刚
奇了怪了
小时候，我明明是看得极清楚的
他真的在砍树
砍呀，砍呀
那月儿的边沿上
明明就有一女子

她焦急地,迫切地
等着吴刚把那树都砍了
我甚至看得到
那女子
幸福、期待的样子

可是
当我低下头
地上的月儿
却只剩下那
快要凋零了的
碎了一地的夜色

我是个有期盼的女子
看着那碎了一地的凋零
我闭上眼睛
用清风做针
用记忆做线
用惦念做缝补的碎片
心里的那个月亮
时隔多年
便也被我活生生地补圆了
而且,越来越圆,越来越清晰

电话那头的阿妈说
闺女诶
又是团圆的日子了

你小时候总是抢着吃的一元钱一斤的月饼
还有得吃吗
一个人在天涯海角
要记得自己给自己买月饼
团圆的日子是一定要吃的
嗯！一定要吃的

清风和记忆终究也有帮不上忙的时候
可阿妈说了，只要善良，总会有人来帮你
这不，顺丰来了
我找了大半夜，终于找到了小时候的味道

托时代的好福气
沾祖国的好运气
即使漂洋过海
即使天涯海角
顺丰也能捎去
我对阿妈最真挚的问候
愿阿妈
如这心里的月亮一样
清晰
绵长

抓不住的时光

清晨
我把手掌朝向太阳
五指滑落
岁月的沧桑

举手投足间
时光滴在匆匆的溪流里
喂了一条叫作青春的狗

月黑风高时
关一心窗
拾一残月
念一故人
世界，便弥漫着
远逝的花香

一朵相思

云淡风轻时
相思花开日
闻一抹花香
笑一片艳阳
了一曲念想
到底是谁负了这一树的绿
才让这朵相思红得如此孤寂
是绿的错
还是相思惹的祸
若真有命中注定
那一树的孤寂
便一定是
沉淀了千年的慰藉
只用一朵
便足以
慰了红尘
奠了相思

又见木棉红

我是一个见不得红的女子,因为看见红,我就欢喜。这欢喜是一份倔强,也是一份执念。我想在这份倔强的执念里,我应该给时间一些时间,让过去的过去,让开始的重新开始!

比如每年开春,我都惦念着:今年的木棉该会有几度红?

今年的阳春二月,在保亭文联的安排下,我没有去一直惦念的八村画廊,而是来到了美丽的番托村:古色古香的鱼塘栅栏,满目茂盛的田间农作物,挂满果实的菠萝蜜树,还有那雄赳赳气昂昂的大公鸡,每一处都让我欢喜不已。

而最让我惦念的,还是番托村里那棵木棉树上的木棉红。

据说这是一棵有故事的木棉树,二月的木棉,她开得并不妖艳,在光秃秃的枝头绽放着些许魅惑,干柴烈火般的在熊熊燃烧着。

一季花开,一程飘香,仿若千年的等待,从铭刻的曾经到遥远的未来。木棉红下,我想觅一块青石,安放一份执念,固守一份曾经。在这份曾经里,等待一抹风景入梦境,期盼一段故事暖红尘。多年以后,再见木棉红,若有风吹过,亲爱的,请记得这不仅仅是风,还是我对你生生不息的执念。如果可以,再倒一杯我们黎族的山兰红,你坐东,我坐西,你看杯,我看你。

这是一个伟大的时代,所以造就了伟大的英雄。木棉树又被称为"英雄树",站在木棉红下,看着这星散的红,想着她也曾沐浴过风雨，也曾傲娇地绚烂过，心中不免都是敬畏。这星散的点缀仿佛在告诉我们，在这轮回的世界里，我们一直都在努力爱与被爱着，不惧风雨，也依然期待未来！

几树半天红似染，满目尽是道苍生。听说木棉的花语是：珍惜身边的人，珍惜身边的幸福。试问何为幸福？我想：我来到这个世界，一定不是为了结婚生子繁衍后代。我还想认真地看看，这个世界花怎么开？水怎么流？太阳如何升起？夕阳如何落下？

还有，明年的木棉，又会有几度红？

阳光安好，我们无恙

一个事故，两个故事，似曾相识的两个圈圈，勾勒出几许苍茫，装进了一整晚的黄粱美梦。

每一个过往像极了一个个巴掌，但凡回头，都是生疼的迹象。

我把过往一点一点地装进那个破碎的行囊，一边向前拖拽，一边随他有意无意地侧漏。

拖拽的是心底放不下的念想，侧漏的是那无能为力的忧伤。

我时常在徘徊里一会儿善良，一会儿又倔强。我也时常在夜深人静时问自己：活着的真相是什么？

月亮说：太晚了，还是先好好睡觉吧，要不明天的太阳都会让你迷茫。

果真，月亮没告诉我的，第二天的太阳倒是给了我一个满意的模样。

阳光安好，岁月亦无恙。

琉璃岁月就当半生芳华绊了脚。

从哪里跌倒，就在哪里挖个坑把跌倒埋葬，再重新整理行囊，对着太阳满意的模样道一句：阳光安好，我们无恙。

飞越那片海，只为这座山

到南方的风中去流浪，是我小时候的梦想。多年以后，我如愿以偿。

从此养育我的故乡就变成了我最思念的地方。

在北纬18°那个叫七仙岭的地方，有座小城，她的夜晚如星空般闪耀，她的山峦如七仙女的故事一样源远流长，她的河流如牛郎肩上的扁担一样，可以抵达你想去的任何地方。

我常常在这美丽的河边，或喜或悲，时而宁静，时而寂寞。我想，七仙岭她应该懂我。我常常在这里，闻着槟榔的花香，思念着故乡那田间地头油菜花的芬芳。我常常在这里，闻着菠萝蜜的味道，思念着家乡映山红的妖娆。

我在七仙岭冬天的热烈里思念着故乡那漫山的苍茫。

在这座小城，我学会了几句半生半熟的黎族腔调。那句"久久不见久久见"的经典更是给了我一个黎族女子本该有的模样。

在这座没有苍茫没有冬天的城市里奔忙，我更想在下雪的时候，回一趟我的故乡，在越过草长莺飞的故乡后，再来领略这北纬18°的梦想。

飞越那片海，只为这座山。

这耸入云霄的七仙岭，让我喜悦也让我忧伤。

尽管故乡里我童年的水车、风车和打谷机的声响，时常在我耳边回荡，但这里却是我余生奋斗的疆场。

我的爱在故乡生长，却在一个叫七仙岭的地方绽放。

我把家安在这里，可我的故乡还住着我的爹娘，我也曾千里万里回到我的故乡，可是再也回不到出发前的那个晚上。

我，我像极了一只小小的候鸟，心如风筝系着念想却不敢丢了梦想。

飞越那片海，只为这座山。

也许，我的后人也会像我来七仙岭一样，回到大江南北其他的地方去闯荡。可我的灵魂，却只能在我的故乡和七仙岭的方向——来来往往。

你，不是一个人在战斗

凤凰花开日，金榜题名时。

又是一年高考季，满屏都是高考的信息。刚刚看到一条信息说一考生走错了考场，身边马上有交警迅速护航，五分钟开道赶到了考场。其实每年看到这些，我都会泪流满面。今天，也不例外。

我想说：这几天，全世界都在宠着你，你有什么资格不努力？

对于高考，我是羡慕的。小时候家里穷，为了能上师范学院出来分指标当上老师，我并没有经历过高考。我以为我是幸运的。直到后来参加公务员考试，我没有相对应的文凭，根本没有办法参考，才不得已参加了自考。在边工作边带娃边自考的那些日子，我终于明白人家说：该上高中的时候千万不要上中专，能读本科的时候千万不要读大专，能考研的时候千万不要着急去工作。多年以后，这领悟是刻骨铭心的。所以，直到现在，我依然还没有放弃读书和考试。

其中很大一个原因是我缺了那场高考。有的遗憾，你得用一生来偿还。

都说为人父母，就是那个自己飞不起来就下个蛋，让蛋去飞起来的家伙。我觉得真的不是这样的，我们只是不想让我们曾经吃过的苦，走过的弯路，再让我们的"蛋"重新走一回。所以，我经常对我的孩子们说：任何事情，你都可以跟我商量，唯有学习不可以。

很幸运的是，直到目前，我的孩子还是很让我欣慰的。我希望，这样的欣慰能延续到他们的高考，甚至是高考之后很长很长的时间里。

都说百无一用是书生。我承认，读书有用，不读书也不一定没有用。但是我们要肯定的是，高考，再进入更好的学府，学习更多的东西，不仅仅是为了获得更好的专业知识，让我们未来在社会上更好地生存，更重要的是学习能让我们更明理，学习能让我们的思维变得更开阔，正所谓知书达礼。而这些涵养，都是未来我们赖以生存的武器。

你现在翻的每一页书，写的每一个字，都可能是你未来数的每一张人民币。你细品，是不是话糙理不糙？

每年的这几天，大到一个国家，小到每个有高考学子的家庭，所有的人，宠着的，都是你。你的寒窗苦读，其实并不是你一个人在战斗，而是一个家庭，一个民族，一个国家。

愿你这些年所有的努力，都能在这几天得以释放和收获。

人生若只如初见

人潮汹涌，你的眸光曾落在了谁的肩上？

夜幕霓虹，你的脚步曾停留在谁的身旁？

红尘清浅，而生命里的每一次遇见应该都是上帝赐予我们的意外缘分。

你可以不主动，但也可以不拒绝。

你可以试着去相信：该来的总会来，该走的必定会离开。

据说，你不来，我便不老，在生命里没有遇见你的那些岁月，我该是漠视你的不来，还是该许我不老呢？

岁月悠悠，过客匆匆，时过境迁，很多事情，终将物是人非。

而总有一段岁月里的遇见，经得起流年的洗涤，总有一段岁月见证得了一种真情。

或寂静，或欢喜。

人生若只如初见，相信总有那么一些际遇，最终将根植于你的某段灵魂，铭刻了你的某段流年。

生命里总有一个地方，会有一些遇见，温暖了你我的心灵，而总有一些遇见，即使回眸也会倾注你一世的惦念。

感谢生命里所有的遇见，感谢上苍造化了这么美丽的七仙。因此我们才有现在这舞台上的相遇。

人生若只如初见，该是多唯美的画面！或宁静，或热情，或奔放,但都如诗如歌!

做最好的自己,才能遇见更好的遇见。相信岁月最后给你的,终究都是你匹配得上的。

嘴角上扬,45°仰望。把自己放在适合自己的地方,你的嘴角才能总是微笑。

在这个面不朝向大海,但真的春暖花开的地方,吞了这味花香,干了这抹暖阳,相信我们终能收获这满山的希望!

人生若只如初见,何事秋风悲画扇。祝福所有的朋友都有岁月可回首,且以深情共白头。岁月静好,一生浮华也妖娆!